JELALEDDIN

A PORTRAIT OF HIS INVASION

Raffi

ՋԱԼԱԼԵԴԴԻՆ

Մի պատկեր նրա արշավանքից

ՐԱՖՖԻ

Jelaleddin: A Portrait of His Invasion

Copyright © 2014 by Indo-European Publishing

Contact:
IndoEuropeanPublishing@gmail.com

ISNB: 978-1-60444-767-5

ՋԱԼԱԼԵԴԴԻՆ (Մի պատկեր նրա արշավանքից)

© Հնդեվրոպական Հրատարակչություն, 2014

Հրատարակված է Ամերիկայի Միացյալ Նահանգներում:

Կապ՝
IndoEuropeanPublishing@gmail.com

ISNB: 978-1-60444-767-5

Ա

1877 տարվա մայիս ամիսը մոտենում էր իր վախճանին: Աղբակա[1] Լիանա դաշտերից մեկի վրա, առավոտյան մառախուղի միջից, հազիվ երևում էին մի քանի վրաններ, սև կապերտից պատրաստված, որոնք բոլորաձև շարված էին մինը մյուսի մոտ թողնելով իրանց մեջտեղում բավական ընդարձակ հրապարակ: Տեսնողը առաջին անգամից կկարծեր, թե դրանք մի խաշնարած ցեղի չադրներ են, որ զետեղվել էին այդ կանաչազարդ հովտի մեջ, իրանց անասունների համար արոտ գտնելու: Բայց քանի որ արևը բարձրանում էր, լեռներին պատած մառախուղը ավելի և ավելի նոսրանում էր, վրանների տարածությունը ընդարձակ հովտի մեջ հետզհետե մեծ քանակություն էր ներկայացնում: Այս կասկածելի երևույթը այն ժամանակ նրան բանակի ձև էր տալիս:

Եվ իրավ, վրանների առջև ցցված երևում էին եղեգնյա երկայն նիզակներ, որոնց ծայրերը զարդարած էին սև փետուրներով, իսկ հրապարակի վրա անբացատրելի խռովության

---

[1] Աղբակը տաճկական Հայաստանի գավառներից մեկն է, որ սահմանակից է Պարսկաստանի Խոյ և Սալմաստ գավառներին:

մեջ շարժվում էին զինվորված տղամարդիկ, որոնց երեսները արտահայտում էին կատաղի անհամբերություն: Բանակից հեռու, դալար խոտերի մեջ, արածում էին բոլորովին պատրաստ, թամքած ձիաներ, որոնց առջևի և ետևի ոտներից մեկը շղթայած էին բխովներով չփախչելու համար:

Վրաններից մեկի առջև,— որ իր մեծությամբ և փառահեղությամբ որոշվում էր մյուսներից,— ցցած էր մի կարմիր դրոշակ, որի չորս անկյունների վրա կարդացվում էին, արաբական տառերով դրոշմված, չորս անուններ՝— Ալի, Օսման, Օմար և Աբուբեքր: Իսլամի նախկին խալիֆաների այս չորս պատկառելի անունների մեջտեղում նշմարվում էր մի սպիտակ ձեռք, որպես օրինակ մի աներևույթ աջ, որ իր հովանավորության ներքո պիտի առաջնորդեր զինվորված ամբոխը դեպի պատերազմի դաշտը:

Այս իսկ վրանի շուրջը հավաքված էր մարդիկների բազմություն, որոնք անդադար ելումուտ էին գործում նրա մեջ:

Այնտեղ թանձր թաղիքի վրա նստած էր միջահասակ մի մարդ կրակոտ աչքերով և ալեխառն մորուքով: Նա ոտքից գլուխ հագնված էր սպիտակ գույնով, որ արևելքում նշան է բարեպաշտության և մարդու անձնազոհության, որ իր կենդանության ժամանակ զգեցել էր մահվան պատանքը։ Ծերունու հաստ գոտիի աջ կողմից քարշ էր ընկած մի երկայն Թասբեհ (տերողորմյա) խոշոր հատիկներով, որոնք բաժանված էին որոշյալ թվով յուրաքանչյուր աղոթքի կարգը և համարը պահպանելու համար։ Իսկ գոտիի ձախ կողմից երևում էին կեռ խենջարի և մի զույգ ատրճանակի ծայրերը, որոնց փողերն թաքնված էին հալեբյան վերարկուի տակ, որ անփույթ կերպով ձգած էր նրա ուսերի վրա։ Գլուխը փաթաթած էր սպիտակ ապարոշով (չալմա), որի վրա երևում էին մետաքսյա դեղին թելերով ասեղնագործած արաբական տառեր։ Նա նստած էր ծալապատիկ կերպով և ծնկների վրա դրած ուներ մի կեռ թուր Դամասկոսի շենքով։

Այս պատկառելի ծերունին իր արտաքին կերպարանքով ներկայացնում էր մի անձնավորություն, որ կրում էր իր մեջ կրոնի ջերմեռանդությունը, որպես մի բարձր հոգևորական, և պատերազմողի քաջազնական ոգին, որպես հզոր զինվոր։— Նա և շեյխ էր և զորավոր։

Նա նստած էր վրանի բարձր և պատվավոր մասում, որպես նահապետ և իշխան, իսկ իր աջ և ձախ կողմերում կարգով շարված էին մի քանի աղաներ հնադարյան զենքերով։ Դրանց մերձավոր ընտանությունը Շեյխի հետ արդեն ցույց էր տալիս, թե հասարակ մարդիկ չեն, այլ գլխավորներն են այն ամբոխի, որ դրսում զետեղված էին վրանների մեջ, կամ հավաքված էին հրապարակի վրա: Աղաները լուռ էին և խոսում էին այն ժամանակ, երբ Շեյխը խոսեցնում էր:

Շեյխի մոտ մի քաշքուլի[2] մեջ ածած էին թղթերի մանր կտորտանք, որոնք միաչափ կերպով ծալած էին եռանկյունի ձևով: Այս փոքրիկ ծրարները նման էին այն թիլիսմաններին, որ ջադուկները տալիս են մարդկանց զանազան խորհրդավոր նպատակներով: Բայց իսկապես կախարդական ոչինչ չկար նրանց մեջ, այլ նրանց վրա գրված էին մի-մի տող Ղորանի այն այեթներից, որոնց զորությամբ մարդ ազատ է մնում ամեն տեսակ չարից և փորձանքից:

Վրանի մուտքը բաց էր: Դրսում գտնված բազմությունից մի-մի մարդ անդադար ներս էր գալիս. նա դեռ շեմքի վրա չհասած, չոքում էր, երկրպագություն էր տալիս, և այնպես չոքեչոք մոտենում էր Շեյխին, իր սուրը դնում էր նրա ոտքերի մոտ և ձեռքը համբուրում էր: Հետո ծերունին առնում էր քաշքուլի միջից եռանկյունի

---

[2] Մի անոթ, որ կրում են դերվիշները և պատրաստվում է հնդկական ընկուզի կեղևից, կամ մի տեսակ ծովային խեցիից, որ սեխի ձև ունի:

ձևով ծալած թղթերից մեկը և տալիս էր համբուրողին: Նա առանց ոտքի վրա բարձրանալու, նույնպես չոքեչոք ետ էր դառնում և դուրս էր գալիս վրանից:

Այսպես այցելուները անդադար մինը մյուսի ետևից, նույն ծեսը կատարելով, ներս էին գալիս ու դուրս գնում:— Ամեն մի քաջ, իր սուրը Շեյխի ոտների մոտ ձգելով, նվիրում էր նրան և փոխարենը ստանում էր խորհրդական թղթերից մեկը, որ անխոցելի պետք է պահեր նրան թշնամու զենքերից: Եվ այս պատճառով վրանից դուրս եկածին պես, նա իսկույն մի շորի կտորի մեջ դնելով, կարում էր իր աջ թևքի վրա:

Երբ թղթերի բաժանման գործը վերջացավ, դրսում լսելի եղավ մի թմբուկի ձայն, և զինվորված բազմությունը ամեն կողմից շտապով սկսեց մոտենալ սրբազան զորավարի վրանին: Իսկ երբ բոլորը հավաքված էին, այն ժամանակ դուրս եկավ Շեյխը: Ամբողջ բազմությունը աջ ձեռքը երեսին քաշեց և լուռ օրհնություն կարդաց (սալավաթ): Այս գործողությունը մահմեդականների մեջ նույն նշանակությունն ունի, որպես քրիստոնյաների մեջ երես խաչակնքելը:

Որովհետև ուրիշ բան չկար, ձիերի թամքերը միմյանց վրա դարսելով, վրանի առջև կազմվեցավ մի ամբիոն: Շեյխը բարձրացավ նրա վրա: Նա իր ձեռքում չուներ գավազան, որ սովորաբար կրում էր քարոզի ժամանակ, այլ նրա փոխարեն բռնած ուներ կարմիր դրոշակը, որի գլխին փողփողում էր սպիտակ աջը չորս խալիֆաների անուններով:— Այս դիրքը հիշեցնում էր այն հրաշալի երևույթը, երբ Արաբիայի մարգարեն անապատի մեջ առաջին անգամ բարձրացավ ուղտերի թամբերից կազմված ամբիոնի վրա և խոսեց իր ոգելից ճառը:

Շեյխի քարոզը սկսվեցավ օրհնություններով, որոնց մեջ խիստ ջերմեռանդ արտաասանություններով փառաբանվում էին ալլահի, Մուհամմեդի և նրա գլխավոր հաջորդների՝ Օմարի, Օսմանի և Աբուբեքրի անունները: Հետո սկսվեցավ մի քաջալերական ճառ հետևյալ խոսքերով.

«Ո՜վ Իսլամի որդիք, մեծ մարգարեն — փա՜ռք իր զորությանը— կոչում է ձեզ մի սուրբ գործի համար, կոչում է ձեզ պատերազմել իր կրոնի թշնամիների դեմ, որոնք սկսել են թափել աստուծո ծառաների արյունը: (Եվ թո՛ղ նզովյա՛լ լինին նրանք):

Վհատությունը, երկչոտությունը և կասկածը թո՛ղ հեռու լինին ձեզանից, որովհետև երկյուղը աստուծո զինվորների համար չէ: Տերը ինքը կտա ձեր բազուկներին զորություն, և թշնամու պարանոցները ձեր սրերի առջև կկտրատվին, որպես չորացած հասկը հնձողի մանգաղի առջև: Դուք ձեր ձեռքով կբռնեք նրանց գնդակները և դեպի իրանց ետ կդարձնեք: Ձեր անձները պաշտպանված կլինեն երկաթյա պարիսպներով, որոնք ձեր աչքերը չեն տեսնի: Ձեզ աջակից կլինեն կոտորող հրեշտակների աներևույթ գունդերը, որոնց մարգարեն ձեզ օգնության կուղարկե: Մեծ է Իսլամի աստվածը և բացի նորանից ուրիշը չկա:

Բոլո՛ր գավուրները պիղծ են աստուծո առջև: Նրանց կայքը, կյանքը, ընտանիքը, և ամեն ինչ, որ պատկանում է անհավատներին, աստված մատնում է ձեր ձեռքը: Հափշտակեցե՛ք, կողոպտեցե՛ք, այրեցե՛ք և կոտորեցե՛ք, որքանով կլիանա ձեր սիրտը: Ավարը և իր կրոնի թշնամիների արյունը աստված հալալ է[3] անում սուրբ պատերազմի զինվորներին:

Ձեզանից կընկնին նրանք միայն, որոնց սրտերը կմոլորեցնե սատանան և որոնց հոգիները կսառչեն: Երկչոտները ատելի են տերի առջև: Եվ ավելի ատելի կլինեն նրանք, որ կփախչեն կռվի դաշտից: Ձեր թիկունքը չպիտի տեսնի թշնամին: Նա՛, որ աստուծո համար է պատերազմում, սուրը ձեռքում պիտի մեռնի:

---

[3] Հալալ համարվում են այն բաները, որոնք օրենքով սուրբ են և չեն արգելված:

Երբ որ ձեզանից մեկը թողնելու լինի պատերազմի դաշտը, այն ժամանակ աստված կզայրացնե կնոջ սիրտը, որը կանգնած չադրի մուտքի առջև, կընդունե իր տղամարդին այս խոսքերով. «Գնա՛, հեռացի՛ր, դու իմ այրը չես: Ի՞նչու չեն տեսնվում քո վերքերը, ի՞նչու դու մենակ դարձար, ո՞ւր են քո ընկերները.— հեռացի՛ր, նա իմ այրը լինել չէ կարող, որ անպատվեց իր զենքերը»: Չկա մի ավելի դառն բան, քան կնոջ հանդիմանությունը. բայց աստուծո զզվանքը սարսափելի՛ է:

Սուրբ կրոնի թշնամիների արյունի հոսումը հաճելի է տերի առջև: Անհավատների ավերակների ծուխը նա ընդունում է, որպես մի ողջակեզ, որից մուխը ուղիղ բարձրանում է դեպի հավիտենականի աթոռը: Կոտորեցե՛ք, որքան կզորեն ձեր բազուկները, այրեցե՛ք, որքան կարող եք դուք: Եվ ձեր կոտորածների արյունի յուրաքանչյուր կաթիլի համբարքով դուք կստանաք մի-մի հուրի[4] աստուծո ջեննաթի մեջ:

Մե՛ծ է ուղղափառների աստվածը և բացի նրանից չկա մի ուրիշը:

[4] Հուրի նշանակում է հավերժական կույսեր, որ ստանում են Իսլամի արդարները աստուծո դրախտի մեջ. որպես վարձատրություն. այս հրաշագեղ նիմֆաներից ավելի մեծ բաժին ունեն նահատակները:

Եթե ձեր վեր առած զերիներից՝ ձեր սրտերին հաճելի կլինի ընտրել կնիկներ կամ աղջիկներ հարճ անելու մտքով,— եթե դուք ծառայացնելու համար կընտրեք պատանի ստրուկներ ձեր ձեռքը ընկած զավուրներից,— աստված չէ արգելում ձեզ, միայն այն ժամանակ, երբ նրանք կընդունեն Իսլամը: Իսկ եթե հաստատ մնացին իրանց մոլորության մեջ, ձեզ թույլ է տրվում սպանել: Զուգավորությունը ուղղափառի մի անհավատի հետ արգելում է աստված: Իսկ ծերերին, թե նրանք կին լինեին և թե այր, խնայել չկա: Անհավատությունը նրանց մեջ ամրացած է իրանց ցամաք ոսկորների նման:

Արդար եղե՛ք ավարի բաժանման մեջ և ձեզանից ամեն մեկը թող չզրկե իր ընկերին: Մի՛ մոռանաք աստուծուն բաժին հանել ձեր կողոպուտից, որովհետև նրա հրեշտակները նույնպես պատերազմելու են ձեզ հետ: Խնամք տարեք, եթե մեկը ձեզանից հիվանդ լինի կամ վիրավոր, որովհետև դուք ամենքդ եղբայրներ եք այդ սրբազան դրոշի տակ»:

Դեռևս երկար խոսում էր Շեյխը, կանգնած իր ամբիոնի վրա, որպես Իսլամի մարմնացած ոգին, որպես հալածասիրության և մոլեռանդության մի կենդանի օրինակ: Նրա ձայնը ազդու էր և սուր, իսկ բարբառը զուրկ չէր ոգևորող պերճախոսությունից: Ղորանի աշակերտը,— որի մեջ այնքան բանաստեղծական հափշտակությամբ երգվում է սրբազան պատերազմը (ջահաթ) իր բոլոր արյունային գույներով,— Ղորանի աշակերտը միայն կարող էր այսպես ոգնորել մի վայրենի բազմություն մարդկանց մորթելու համար:

Շեյխի ճառը մի համառոտ եզրակացություն էր այն աստվածեղեն գրքի բովանդակությունից, որին հետևում է ամբողջ մահմեդական աշխարհը:

Երբ վերջացրեց նա, կրկին դարձավ դեպի բազմությունը այս խոսքերով.

«Աստված ձեզանից ուխտ է պահանջում, և թո՛ղ ձեզանից ամեն մեկը կատարե իր երդումը»:

Նույն միջոցին ամբողջ բազմությունը վեր առավ գետնից մի-մի քար և ձգեց հրապարակի վրա, ուր բարձրացավ մի ահագին՝ բլուր, որպես արձան մի սոսկալի ուխտադրության: Եվ այս գործողության ժամանակ օդը թնդաց հազարավոր ձայներից, որոնց խառնակության միջից պարզ որոշվում էր այս խոսքը. «Եվ թող մեր թալախը[5] այս քարի նման ձգված լինի, եթե հավատարիմ չմնանք սուրբ գործին»:

---

[5] Թալախ նշանակում է բաղդ կամ ամուսնական կապ. նա քանդված է համարվում, երբ քուրդը նրա անունով երդվելուց հետո ուխտազանց է լինում. «Թո՛ղ իմ կինը ինձ

Երբ բոլոր արարողությունները վերջացան, Շեյխը կրկին կարդաց օրհնության մաղթանք և իջավ իր բեմից։ Նա կրկին մտավ իր վրանը։

Նույն միջոցին կրկին լսելի եղավ թմբուկի ձայնը։ Ամեն մարդ վազեց իր ձին նստելու, վրանները հավաքվեցան, և մի քանի ժամից հետո ամբողջ բանակը պատրաստ էր ճանապարհ ընկնելու։ Նա շարժվեցավ, երբ Շեյխը իր ձին նստած, կարմիր դրոշը ձեռին, առաջ ընկավ։

Այն ժամանակ նրա դեմքը ծածկված էր մի սպիտակ երեսկալով, որ անհավատների աչքերը չտեսնեին նրա սուրբ երեսը։ Ավելի քան տասն հազար քրդեր հետևում էին այդ սարսափելի ծերունուն։ Գունդերի ետևից տանում էին մի շարք ուղտեր, որ բարձած էին փոքրիկ թնդանոթներով։

Այսպես սկսվեցավ Շեյխ Ջալալեդդինի արշավանքը դեպի տաճկական Հայաստանը։

Բ

Անցավ մի ամբողջ շաբաթ։

հառամ (արգելված) լինի, ասում է քուրդը, եթե չկատարեմ խոստմունքս»։ Ամուսնական կապը նույնքան հարգելի է քրդի համար, որքան մի քաջի համար, որ ունի ասպետական զգացմունքներ։

Մի տղամարդ գալիս էր Վանից դեպի Աղբակ բերող ճանապարհով: Դուրս գալով Խոշաբի ձորից, նա արդեն հասել էր Չուխայ Գագիկ կոչված լեռնային անցքը: Տղամարդը մենակ էր: Նա գալիս էր ոտով, և այնքան արագընթաց, կարծես, մի բան շտապեցնում էր նրան:

Դա մի երիտասարդ էր, որի տարիքը դեռ նոր էին մոտենում երեսունի: Դեմքը գորշ-դեղնագույն էր, լերկ և բոլորովին անմազ այտերը ցամաք էին, իսկ ծնոտքը զգալի կերպով դուրս էին ցցված: Բարակ և նույնպես գորշագույն շրթունքի միջից շատ անգամ երևում էին ձյունի պես սպիտակ ատամները. այսպիսի ատամներ ունենում են միայն նեգրերը: Գլուխը պատած էր սև գանգրավոր մազերով, որ թափվում էին արևից այրված մերկ պարանոցի վրա: Ճակատի վրա երևում էր մի խոր սպի, որ տալիս էր նրա վայրենի դեմքին մի ահավորություն: Բայց չնայելով իր այլանդակությանը, այդ այրական դեմքը ուներ իր հատուկ գեղեցկությունը, որ արտահայտում էր կտրչություն, համարձակություն և կատաղի անգթություն:

Երիտասարդը բարձրահասակ էր, ցամաք և նիհար, բայց զարգացած ոսկրներով և ամուր մկանային կազմվածքով: Նա հագնված էր քրդի ձևով և գտնվում էր կատարյալ զինավառության մեջ: Ասիական հրացանը, կեռ թուրը, մի զույգ ատրճանակներ, թիկունքի վրա ձգած ահագին երկաթյա վահանը և երկայն նիզակը կազմում էին, կարծես, նրա մարմնի մի-մի անդամները:

Նա գնում էր, և երբեմն կանգ առնելով, լի մտախոհությամբ նայում էր իր շուրջը: Լեռների կանաչազարդ պատկերները չէին, որ գրավում էին նրան. նա գեղասեր ճաշակ և բնության հրապուրանքը զգալու ընդունակություն չուներ: Բայց նա զարմանում էր, տեսնելով, որ իր ծանոթ լեռները բոլորովին դատարկ էին: Տասն օր հազիվ կլիներ, որ նա մի անգամ ևս անցել էր նույն ճանապարհով, այն ժամանակ այսպես չէր, այն ժամանակ բոլորովին ուրիշ տպավորություն էին գործում այն գեղեցիկ լեռները:— Խոտավետ արոտներում արածում էին ոչխարների հոտեր, ձորերի մեջ կազմված էին խաշնարած հայերի վրաններ, և հովիվների սրինգը հեռվից հնչվում էր թռչունների առավոտյան ձայների հետ: Այն ժամանակ հովիտների և լեռնադաշտերի վրա հողագործ հայը, իր սովորական երգը երգելով, վարում էր և կամ հնձում էր: Մի խոսքով, մարդը բնության հետ միանալով անընդհատ քաղցր աշխատության մեջ էին: Իսկ այժմ: — Այժմ ամեն գործ դադարել էր. ոչ մի հոգի և ոչ մի շունչ չէր երևում. նույնիսկ ճանապարհը, որով գնում էր նա, թափուր էր մնացած հաճախ անցուդարձ անող քարավաններից: Ի՞նչ էր պատճառը: Կարծես մի չար և ոչնչացնող ձեռք անցել էր այն ընդարձակ տարածության վրայով, իր հետքից թողնելով ավերակներ և ամայություն...:

Երիտասարդը զգաց սարսուռի նման մի բան, և նրա արևից այրված գորշ դեմքը գունաթափվելով, ստացավ մուգ դեղնապղնձի գույն: Երկյուղը չէր, որ այնպես վրդովեց նրան, երկյուղ ասած բանը ծանոթ չէր նրա երկաթի սրտին: Բայց նրա մեջ վառվեց մի կիրք, որ ավելի նման էր կատաղի բարկության:

Ճանապարհը այժմ ոլոր-մոլոր պտույտներով բարձրանում էր դեպի սարի զառիվերը. գագաթից երևացին նրան նիզակների սուր-սուր ծայրեր, և փոքր ինչ ցած իջնելով, տեսավ, որ իր առջևը գնում էին մի խումբ ձիավորներ: Երևի, ձիավորներն նույնպես տեսան նրան, որովհետև կանգնեցին, մինչև կհասներ մենավոր ճանապարհորդը: Բայց դեռ մեջտեղում բավական տարածություն կար:

Երիտասարդի ուշադրությունը գրավեց մի բան. նա նկատեց, որ ձիավորները քրդեր էին, նրանք երգում էին և ուրախ էին, որպես կռվողներ, որ վերադառնում էին հաղթանակով: Նրա աչքերը այնքան սովորած էին այս բարբարոս ժողովրդի ցույցերին, որ ամենաչնչին երևույթից կարող էր շատ բաներ գուշակել: Այս պատճառով արյունը զարկեց նրա գլխին, երբ տեսավ, որ նրանց նիզակների ծայրերին դրոշակների նման ծածանվում էին շորի կտորներ։ Հմուտ աչքը առաջին անգամից կարող էր նկատել, թե դրանք կնոջ հագուստներ էին, և այն ստորին հագուստը, որ համեստությունը միշտ հեռու է պահում տղամարդի աչքերից...

Դա բարբարոսության ամենախայտառակ մի ցույցն է, որ պարկեշտ կանանց ողջախոհությունը բռնաբարելուց հետո, դեռահաս կույսերի անմեղությունը խախտելուց հետո, չարագործը, որպես պարծանք իր անբարոյականության, որպես հաղթանակի նշան,— նրանց ամոթո ծածկույթը ցցում է իր նիզակի գլխին, ցույց տալու համար, թե ինքը խղճի և ազնվության դեմ մի գործ է կատարել…։

Երիտասարդը իր վրդովմունքը զսպելով, մոտեցավ խմբին, և պահպանելով իր ծպտյալ դերը, տվեց սովորական ողջույն քրդերեն լեզվով.

— Բարի՛ ճանապարհ։

— Բարի՛ ճանապարհ և քեզ,—պատասխանեցին նրան, հարցնելով.

— Ո՞րտեղից այսպես։

Երիտասարդը իր նիզակը նեցուկ տալով մարմնին, կանգնեց, պատասխանելով.

— Վանից։

— Ի՞նչ կա, ո՞ւր եք գնում։

— Գնում եմ Բաշ-Կալա[6]։ Փաշայից նամակ եմ տանում Մուդուրին։

Քրդերը խորհրդավոր կերպով նայեցին մինը մյուսի երեսին։

— Դուք ո՞ւր եք գնում,— հարցրեց երիտասարդը։

— Գավուրների դեմ,— ասաց նրանցից մեկը,— Շեյխը կանչել է։ Գնում ենք կռվելու։

— Որպես երևում է, դուք ձեր առաջին քաջությունը փորձել եք այդ ողորմելի շորի կտորների վրա...— ասաց երիտասարդը հեգնական ծիծաղով։

— Այդ մի փոքրիկ որս էր, որ պատահեց մեզ ճանապարհի վրա. մեր եղբայրները այրել էին մի հայոց գյուղ, բայց կանայքը փախել էին մերձակա լեռան վրա...

— Նրանցից պրծան, ձեր ձեռքը ընկան...— կտրեց երիտասարդը քրդի խոսքը։

---

[6] Աղբակ գավառի բերդաքաղաքն է։

Քրդերից մեկը կասկածավոր կերպով հարցրեց.

— Դու ո՞րտեղացի ես:

— Միպան լեռներից, Հեյդարանլի ցեղիցն եմ,— ասաց երիտասարդը նույն ցեղին հատուկ բարբառով:

— Հեյդարանլիները չե՞ն գնում:

— Նրանք պիտի գնան իրանց Շեյխի առաջնորդությամբ. Հեյդարանլին չէ խառնվում Շիկակների, Ռավանդների և Բիլբասների հետ[7], որոնց պիտի տանե Շեյխ Ջալալեդդինը:

Հպարտ Հեյդարանլիի խոսքերը թեև բավական վիրավորական էին իր խոսակիցներին, որոնք Ռավանդների ցեղին էին պատկանում, բայց նայելով նրա վրա, որպես մի պաշտոնական մարդու վրա, որ Փաշայից նամակ էր տանում Բաշ-Կալայի մուդուրին, ոչինչ չպատասխանեցին:

Երիտասարդը խոսքը շուռ տալով, և որպես ինքն իրան խոսելով, ասաց.

---

[7] Քրդերի ամենաբարբարոս ցեղերի անուններ են, որ բնակվում են Պարսկաստանի սահմանների վրա:

— Այդ ի՞նչ վատ երկիր է, ինձ առաջին անգամն է պատահում այստեղ լինել. մի՞թե այս սարերում հովիվներ և գյուղեր չկան. սովից մարեցա. ոչինչ չես գտնում ուտելու:

— Կային,—պատասխանեցին նրան,—այս կողմերում ֆլայներ (հայեր) էին բնակվում, բայց մի օր առաջ անցել են այստեղից Հարքիներըˈ[8] և ոչինչ չեն թողել:

Երիտասարդի մթին դեմքը ավելի մռայլվեցավ, և աշխատելով սառնասիրտ ձևանալ, հարցրեց.

— Ուրեմն դուք դատարկաձե՞ռն մնացիք:

— Աստված ողորմած է,— ասացին նրան,— մինչև Բայազեդ հասնիլը որսեր շատ կպատահեն...

— Թո՛ղ աստված հաջողե...— պատասխանեց երիտասարդը և կամենում էր շարունակել իր ճանապարհը:

Քրդերից մեկը հանեց իր ձիու թամբին կապած խուրջինից մի կտոր հաց և պանիր, տվեց նրան ասելով.

---

[8] Քրդերի մի վայրենի ցեղ է, որ բնակվում է Տիգրիսի վերին ճյուղերի մոտ և տարածվում է մինչև Մուսուլ:

— Կե՛ր, դու ասացիր, որ քաղցած ես, մինչև Բաշ-Կալա դեռ շատ պիտի գնաս:

Տղամարդը շնորհակալություն հայտնեց: Ավազակների խումբը հեռացավ:

Այժմ նա հասկացավ այն ամայության պատճառը, որ քանի րոպե առաջ վրդովում էր նրան. այժմ նա գիտեր, թե ինչ էր պատահել իր անցած երկրների վրա:

Քրդից ստացած կերակուրը նա մի կողմ ձգեց և շարունակեց գնալ: Իրավ որ, նա քաղցած էր, ամբողջ օրը ոչինչ չէր կերել, բայց քաղց չէր զգում: Լինում են րոպեներ, որ մարդ կերակրվում է իր սիրտը մաշելով և սպառելով.— երիտասարդը այդ դրության մեջ էր:

Գ

Արևը մտնելու մոտ էր, երբ մեր հոգնած ճանապարհորդը հասավ մի տեղ, ուր ճանապարհը ճյուղավորվում էր. աջ ճյուղը տանում էր դեպի Բաշ-Կալա, իսկ ձախը դեպի Բարդուղիմեոս առաքյալի վանքը: Նա ընտրեց վերջինը:

25

Արևի վերջալույսը ոչ մի ժամանակ այնպես գեղեցիկ չէր զարդարել ամպերը, որպես այն երեկո. և լեռնային օդը իր փափուկ թարմությամբ ոչ մի ժամանակ այնքան կազդուրիչ չէր եղել, որպես այն գիշեր: Բայց երիտասարդը ոչինչ չէր զգում, որովհետև իր սրտի և արտաքին աշխարհի մեջ ամենևին առնչություն չկար: Նա շարունակում էր գնալ, ինքն իր մեջ կենտրոնացած. և մի աներևույթ զորություն մղում էր նրան առաջ...:

Մութը սկսել էր փոքր առ փոքր թանձրանալ և գիշերային աստղերը վառվում էին հիանալի զվարթությամբ: Օդը անշարժ և խաղաղ էր: Այդ այն ժամն էր, երբ նույն լեռների վրա սովորաբար լսելի էին լինում արոտից դարձող ոչխարների բառաչմունքը, որոնց խուլ արձագանքը զարթեցնում է այնքան գեղեցիկ հիշողություններ հովվական կյանքից: Իսկ այն գիշեր ոչինչ չէր լսվում. ամեն տեղ տիրում էր մեռելային անդորրությունը:

Բավական ճանապարհ անցել էր նա, երբ սկսեց նշմարել տեղ-տեղ հրեղեն կետեր. նրանք երևում էին խավարի մեջ շատ հեռվից, երբեմն ընդարձակվում էին, երբեմն փոքրանում էին և երբեմն դեպի վեր էին բարձրացնում վիշապների նման գալարվող բոցեղեն սյուներ: Հանկարծ բոլորովին հանգչում էին, և ավելի զորություն ստանալով, իրային հոսանքը տարածվում էր դեպի ամեն կողմ:

Նա կանգնեց և մի քանի րոպե անշարժ նայում էր այս սարսափելի տեսարանին: Ի՞նչ էր պատահել: Նա մտածում էր, թե այրվում են խոտի դեզեր: Բայց նրան այնքան ծանոթ էին իր շրջակայքը, որ ինքն էլ կասկածում էր իր կարծիքի մեջ. նա գիտեր, որ խոտը այդպես վաղ չէ հնձվում այս կողմերում: Նա գիտեր, որ այն ձորերում, ուր այնպես կատաղի կերպով ճարակում էր հրդեհը, կային միայն շատ թվով հայոց փոքրիկ և մեծ գյուղորայք...:

Երիտասարդը չմոտեցավ ոչ մեկին. նա գտնվում էր մի այնպիսի իրան կորցրած դրության մեջ, որ երազի պես բոլոր սարսափելի տեսարանները գալիս ու անցնում էին նրա աչքերի առջևից:

Նա դուրս եկավ մեծ ճանապարհից և բարձրացավ մի բլուրի վրա, որ պատած էր փոքրիկ թուփերով ու մացառներով: Կես գիշեր էր: Նա առաջին անգամից նայեց դեպի աստղազարդ երկինքը և տեսավ, որ «Տրդատի խաչը»[9] ուղիղ կանգնած էր զենիթի վրա: Նա նստեց մի քարի վրա, որ փոքր ինչ հանգստանա: Մի կողմից քաղցը, մյուս կողմից հոգնածությունը, բոլորովին սպառել էին նրա ուժերը: Բլուրի բարձրությունից իրեղեն

[9] Մի համաստեղության անուն է:

կույտերը այժմ ավելի պարզ երևում էին լեռնային տարածության վրա: Նա դեռ նայում էր առաջին սառնասրտությամբ:

Նրա ականջին դիպան մի քանի անորոշ ձայներ. երևում էր, բլուրի ստորոտից անցնում էին մարդիկ:

— Ո՞ւր գնանք... տե՛ր աստված...:

— Գնանք... մի տեղ կհասնենք...

— Ծնկներս դողում են... երեխաս մարելու վրա է...

— Տուր ինձ երեխան:

— Աղջի, ի՞նչու ետ մնացիր:

— Մայրիկ, քարերը ծակում են ոտներս:

Ձայները լռեցին:

Րոպեական լռությունից հետո ընդհատված խոսակցությունը կրկին շարունակվեցավ.

— Դեռ այրվում է... ա՜խ, ինչպես այրվում է...

— Կնիկ, երեխերքիդ հոգսը քաշիր... լավ է, որ պրծանք...:

— Գլխիդ արյունը էլի սկսեց գնալ... դու օրորվում ես, ա՜յ մարդ...:

— Վնաս չունի... փաթոթը արձակվեցավ...

— Բե՛ր, կապեմ:

— Գնա՛նք... փախչե՛նք... ժամանակ չէ...

Ձայները կրկին լռեցին:

Մերձակա հրդեհը այնպես սաստիկ բոցավառվեցավ, որ փայլակի արագությամբ լուսավորեց բլրի ստորոտը: Լույսը բաց արեց մի ցավալի տեսարան: Խոսողը մի գյուղացի էր իր կնոջ հետ. նա տանում էր իր գրկում մի փոքրիկ երեխա. արյունը նրա ճակատից թափվում էր երեսի վրա, և այնտեղից կաթկաթում էր երեխայի գլխին: Նրա կողքին գնում էր կինը և ձեռքից բռնած տանում էր մի փոքրիկ աղջիկ: Ամուսինները երկուքն էլ ուժաթափված հազիվ կարողանում էին ընթանալ:

Խավարը կրկին տիրեց շրջակայքը: Ձայները կրկին լսելի եղան.

— Ա՜խ, ինչպես կոտորում էին...

— Ա՜խ, ինչպես այրեցին...

— Ոչինչ չթողեցին...

— Հիմա ո՞ւր գնանք... աստվա՛ծ...

— Մայրիկ, ես հաց եմ ուզում...

— Մի՛ լար, հիմա...

— Մայրի՛կ...

Ձայները լռեցին։

Շատ անգամ, շատ մարդկանց վրա, մի թշվառ երևույթ, որ պետք է հարուցաներ տխուր զգացմունքներ,— ընդհակառակն զզվանք է պատճառում, զարթեցնում է խիստ դառն ատելություն։ Նույն տպավորությունը ունեցավ մեր ճանապարհորդի վրա իր տեսածը։— Մի կողմում հրդեհը լափում էր խաղաղասեր շինականի խրճիթները, մարդիկ կենդանի թաղվում էին իրանց հրային գերեզմանի մեջ, և կրակից ազատվածը իր բնակարանի մոտ ընկնում էր բարբարոսի սրից,— մյուս կողմից, նա լսում էր մի արյունաթաթախ հոր և կիսաշունչ մոր ցավալի խոսակցությունը, լսում էր զավակի լացը և մրմունջը, տեսնում էր անբաղտացած ընտանիքի հուսահատական փախուստը, և ինքը մի դիվական սառնասրտությամբ բլուրի բարձրությունից նայում էր, և կարծես նրա դժոխային շրթունքից դուրս էին թռչում այս ճակատագրական խոսքերը. «դուք արժանի՛ եք ձեր վիճակին, որ ինքներդ եք պատրաստել ձեզ համար... նա մեղավոր չէ, որ այրում է և մորթում է...»:

Դա ատելության ամենասարսափելի ձայնն է, որ բխում է սիրելուց, դա եղբոր ատելություն է, որ ծագում է եղբորը ուղղելու զգացմունքից, թե ինչո՞ւ, նա պատրաստ չէ կյանքի և գոյության համար մրցելու:

Այս տեսակ ատելությունից առաջ է գալիս այն ազնիվ բարկությունը, որով մարդ ծայրահեղության է հասնում, և նա մի խիստ պատգամախոսի նման որոշում է մի ժողովրդի վիճակի սահմանը, երկու հակառակ կետերի վրա դնելով նրան,— կամ մահ և կամ կյանք: «Ով չէ հասկացել, կամ չէ ուզում հասկանալ ապրելու պայմանները,— ասում է նա,— կյանքի իրավունք չունի: Այս պայմանները այնքան փոխվում են, որքան փոխվում են նրանց պահանջները.— երբ հարկավոր է խելք բանեցնել, խելքին զոռ տալու է, իսկ երբ պետք է սուր, մարդ պիտի պատրաստ ունենա նրան իր ձեռքում: Մարդկային կյանքը ներկայացնում է մի սարսափելի կռվի հանդիսարան, ով որ ընդդիմադրության շնորք չունի, նա պիտի ընկնի, անհետանա, ոչնչանա…»:

Բայց մեր ճանապարհորդի վրդովմունքը առաջ չէր գալիս այս տեսակ խորին քննություններից. նա կյանքի փիլիսոփայության հետ ծանոթ չէր:

Բացատրում էր մարդկային կյանքը, հիմնվելով բնության ամենապարզ երևույթների վրա: Նա մտածում էր, երբ գառին վիճակվել է գայլի հետ միասին կենցաղավարել, ինքն էլ պետք է աշխատի գայլի ատամներ ունենալ, եթե չէ ցանկանում կատաղի գազանին կերակուր դառնալ:

Հանգամանքները ձգել էին նրան մի այնպիսի վիճակի մեջ, որ ինքն ակամայից դարձել էր գայլ, գայլի բոլոր անգթությամբ: Մանկական հասակում ընտանիքը հալածեց նրան, նա արտաքսվեցավ հայրենական տնակից, որպես անառակ որդի: Իր համազգի հասարակության մեջ նույնպես նա ընդունելություն չգտավ. ամեն մարդ սկսեց խորշիլ նրանից, որպես ժանտախտից: Այնուհետև մնում էր նրան անձնատուր լինել դեպքերի բերմունքին, և նա դարձավ մի արկածախնդիր թափառական, իսկ վերջը՝ — մի անգութ ավազակ, որ ուխտել էր պատժել մարդկանց, որովհետև մարդիկ պատժեցին նրան:

Որպես ավազակ նա դարձյալ մնաց միշտ ազնիվ: Նա չկորցրեց իր առյուծի վեհությունը, որ չէ սիրում հարձակվիլ տկար կամ վատուժ կենդանիների վրա, որ իր որսածի մեծ մասը թողնում է մանր գազաններին ուտելու համար…:

Ամբողջ տասը տարի հայրենիքից հեռացած այդ թշվառականը, կրկին վերադարձավ այնտեղ, երբ լսեց նրա վտանգը: Նա չեկավ հայրենիքը փրկելու համար, որովհետև գիտեր, որ իր նման շատերը նրան փրկել չէին կարող, երբ ինքը իրան փրկելու ընդունակություն չուներ: Նա եկավ փրկելու մի գեղեցիկ արարած, որին միայն սիրում էր, և որը միայն էր ամբողջ աշխարհի մեջ, որ սիրում էր այն մարդուն, որին բոլորը ատում էին:— Այդ էր նրա մխիթարությունը: Բոլոր աշխարհի մեջ հանգստություն, դադար և իր գլուխը դնելու մի անկյուն չունեցավ անբաղդը՝ ուներ մի կնոջ ջերմ սիրտ, ուր ապրում էր նա, շնչում էր և այնտեղ մոռանում էր իր կյանքի դառնությունները, թեև տասը տարուց ավելի էր, որ չէր տեսել նրան:

Ահա՛ ինչ էր պատճառը, որ նա այնքան անզգա էր դարձել դեպի իր շրջակայքը կատարվող գործողությունները, և որպես մի չար դևից հալածվելով, ակամա մղվում էր դեպի առաջ, ոչ մի տեղ հանգիստ չառնելով: Բայց բնությունը պահանջում է իրը. քանի օր էր, որ նա ամեննին քնած չէր, մի քանի օր շարունակ նա ճանապարհի վրա էր գտնվում. նրա ուժերը սպառվել էին և նա սկսել էր թուլանալ: Եվ երբ նա բարձրացավ բլուրի վրա, նստեց այնտեղ, որ մի փոքր հանգստանա, հանկարծ ակամա կերպով նրա գլուխը ծանրացավ, աչքերը փակվեցան և ընկավ փափուկ խոտերի վրա: —

Դա քուն չէր, այլ մի տեսակ թմրություն, որ տիրում է մարդուն և արթնության ժամանակ, երբ սաստիկ տանջված է լինում, թե՛ բարոյապես և թե՛ ֆիզիկապես:

Դ

Արուսյակը դեռ նոր էր բարձրացել հորիզոնի վրա, դեռ նոր արշալույսի եզերագիծը սկսել էր կարմրել, երբ նա արթնացավ: Երիտասարդը ամբողջ մարմնով դողաց, երբ նկատեց, որ կորցրել է գիշերի մեծ մասը, երբ կարող էր բավական ճանապարհ կտրել: Նա շտապով վերցրեց հրացանը և նիզակը, շարունակեց իր ուղին:

Անցնելով Աղբակա լեռնադաշտերը, նա տեղ-տեղ նկատում էր հայոց գյուղորայք, որ դեռ ծխում էին վաղորդյան մառախուղի միջից: Այս ծուխը նման չէր այն ծուխին, որ առավոտները վեր է բարձրանում խաղաղասեր շինականի խրճիթի երդիքից. դա մի չարագուշակ ծուխ էր, որ երբեմն խառնվում էր հրեղեն բոցերի հետ: Նա անցավ գյուղերից մեկի մոտով և տեսավ, որ գետնափոր տնակները բոլորովին մոխիր էին դարձել և այստեղ ու այնտեղ ընկած էին արյունով ներկված, կամ սարսափելի կերպով այլանդակված դիակներ: Նա զգաց բոլոր զարհուրանքը այն երևույթների, որ նույն գիշերն իր համար մնացել էին անբացատրելի: — Կրակները, որ նրան գիշերային խավարի մեջ սարսափեցնում էին. հայոց հրդեհված գյուղորայք էին:

Այս սոսկալի տեսարանները, որ ամեն մարդու վրա կարող էին ունենալ կայծակի ներգործություն, նրան շատ հասարակ երևացին. կարծես, նա գիտեր, թե այսպես պետք է լիներ, կարծես, նա առաջուց որպես մարգարե հոգվոց աչքերով տեսել էր բոլոր գալոցը իր արյունալի պատկերներով: Եվ նա առաջուց երկար կարդալով իր երեմիականը, նրա սիրտը կոշտացել էր, նրա աչքերում արտասուք չէր մնացել այժմ կատարված իրողության վրա ողբալու: Եվ այս պատճառով նա, կարծես, անտարբերությամբ էր նայում այն ավերակներին, այն կոտորածի կույտերին, ուր կին, աղջիկ, երեխա, ծեր, և տղամարդ ընկած էին մինը մյուսի վրա:

Զարմանալի բան է մարդկային սիրտը. շատ անգամ նմանում է մի անսահմանության, որ ամփոփում է իր մեջ ամբողջ տիեզերքը, շատ անգամ նմանում է մի լիքը անոթի, որի մեջ գտնված նյութը ընդդիմահարում է, տեղի չէ տալիս մի ուրիշին զետեղվելու: Եվ ավելի բացասական է լինում նա, երբ լցված է լինում սիրով: Ամեն մի նոր ներմուծություն դատարկ տեղ է որոնում, բայց նրա սիրտը դատարկ չէր...:

Նա կրկին և կրկին նայեց ծխացող ավերակներին և անցավ։ Իր ճանապարհի վրա շատ անգամ հանդիպում էին այնպիսի ծխացող ավերակներ, շատ անգամ երևում էին նրան մոխիր դարձած գյուղեր և շատ անգամ նա տեսնում էր՝ կամ բոլորովին անշնչացած, կամ իրանց տաք արյան մեջ թավալվող դիակներ,— և այդ բոլորը նրա վրա միայն րոպեական ազդեցություն էր անում։

Արշալույսը այժմ սկսել էր ավելի պայծառ բոցավառվել և արևի կարմիր-ծիրանագույն շառավիղները դեռ նոր ցոլանում էին ձյունի պես սպիտակ ամպերի վրա, տալով նրանց քրքումի գույն։ Բայց ձորերի մեջ տակավին լույս չկար։ Երիտասարդը դեռ շարունակում էր իր ճանապարհը զարտուղի շավիղներով։ Սարի այծը միայն կարող էր անցնել այն սարսափելի ելևէջները, այն նեղ կիրճերը և այն ժայռոտ զահավեժները, որոնց միջով գնում էր նա։ Նա դիմում էր ուղղակի դեպի Երեսան գյուղը։ Վերջապես հասավ այնտեղ։ Կրակը և սուրը ոչնչացրել էր թե՛ մարդ և թե՛ բնակություն։ Այստեղ նա երկար շրջում էր ընկած դիակների մեջ, և կարծես մի բան որոնում էր նրանց մեջ։ Հետո նա կանգ առեց մի ծխացող խրճիթի առջև, խորին լռությամբ նայում էր նրա վրա։ Այս տնակի մեջ անցել էր նրա մանկությունը, այստեղ էին բնակվում նրա ծնողքը, քույրերը և եղբայրները, որոնք այժմ չկային...։ Այս ցավալի տեսարանը քամեց նրա աչքերից մի քանի կաթիլ արտասուք, որոնք գլորվեցան գունաթափ երեսի վրա:

Արտասուքը մի զարմանալի արտահայտություն է հոգեկան կրքերի: Որպես տխրությունը, նույնպես և ուրախությունը արտասուք ունեն: Բայց սարսափելի է լինում այն արտասուքը, որ դուրս է ցայտում բարկությունից,— երիտասարդինը այդ տեսակիցն էր: Այդ տեսակ արտասուքը նման է երկնքի արտասուքին, որ խառն է լինում մրրիկի որոտման և կայծակների հետ...

Նա նկատեց այրվող խրճիթի մոտ մի քանի իրեղեններ, որոնց, գուցե ավարառուն անձեռնհաս լինելով, թողել էր այնտեղ: Իրեղենները բոլորը ծանոթ էին նրան: Ահա այն գորգի վրա շատ անգամ նստում էր իր ծերունի հայրը: Ահա այն վերմակի տակ շատ անգամ քնել էր ինքը...: Ահա այն տաշտի մեջ խմոր էր հունցում իր մայրը...: Ահա այն մեծ թասը, որի մեջ իր քույրը կթում էր ոչխարները...: Մի խոսքով նրանց ամեն մեկը զարթեցնում էր իր մեջ հին-հին հիշատակներ: Նա մոտեցավ և սկսեց մին-մին վեր առնել և ձգել խրճիթի այրվող կրակի մեջ, կարծես, նրա բոցերը սաստկացնելու մտքով:

Նույն միջոցին վրա հասան երկու զինվորված քուրդ ձիավորներ, որոնք իրանց ետևից քարշ տալով բերում էին մի քանի ուրիշ ձիաներ:

— Ինչո՞ւ ես այրում,— ասաց նրանցից մեկը,— մենք եկել ենք տանելու. առաջ գրաստներ չունեինք, հիմա բերել ենք:

— Էլի կտանեք,— պատասխանեց երիտասարդը սառն կերպով,— դեռ շատ է մնացել: Իջե՛ք ցած:

Քուրդերը ձիերից ցած իջան և կամենում էին իրենց բեռները պատրաստել:

— Մի՛ մոտենաք, ես պետք է այրեմ դրանց,— գոռաց երիտասարդը:

— Ի՞նչու:

— Ձեզ էլ դրանց հետ կայրեմ, եթե թույլ չտաք:

— Դո՞ւ:

— Ես:

Նույն րոպեում երիտասարդի ծանր սուրը իջավ քրդերց մեկի գլխին, իսկ մյուսի կուրծքի մեջ որոտաց նրա ատրճանակը: Երկուսն էլ ընկան: Երիտասարդը խլեց դիակները և ձգեց կրակի մեջ: Այնուհետև նա բռնեց նրանց ձիերից մեկը, որն ավելի լավն էր, նստեց և սկսեց քշել:

Հայտնի չէ, թե ի՞նչու, երբ նա մի փոքր հեռացավ,

կրկին ցած իջավ ձիուց, նրան արձակեց և ինքն դարձյալ սկսեց ոտով գնալ: Երևի այդ այն պատճառով էր, որ ձիով չէր կարող անցնել այնտեղի նեղ և դժվարին ճանապարհներով, որ ընտրել էր իր համար:

Բավական հեռանալով իր հայրենական գյուղից, մի լեռնադաշտի վրա նրա ուշադրությունը գրավեց մի մթին կետ, որ ազատ կերպով նշմարվում էր նոր բարձրացող արեգակի ճառագայթների միջով: Նա շատ հեռու էր: Որքան մոտենում էր երիտասարդը, այնքան հիշյալ առարկան աճում և ավելի մեծ ծավալ էր ստանում: Կարծես նա կախ էր ընկած օդի մեջ և բավական բարձր էր երկրի մակերևույթից: Նա ծռեց իր ուղին դեպի այն կողմը: Երբ փոքր ինչ ևս մոտեցավ, նրանց թիվը բազմացավ, որոնք այժմ նման էին այն խրտվիլակներին, որ ցցում են երկայն ձողերի գլխին և տնկում են հասունացած արտերի կամ սեխանոցների մոտ, որ թռչունները, խոզերը և արջերը չփչացնեն նրանց:

Բայց հիշյալ խրտվիլակներից ո՛չ թռչունները և ո՛չ գազանները չէին վախենում: Նա տեսնում էր, թե որպես գիշակեր ագռավները, անգղները և մինչև անգամ երկչոտ կաչաղակը ուրախ-ուրախ թռիչքներ էին գործում, ճախրում էին, պտույտներ էին անում, իջնում էին նրանց վրա և կրկին բարձրանում էին օդի մեջ: Այնտեղ և շնագայլն ու բորենին ուրախական ձայներ էին հանում: Երևում էր, որ այդ անասունները բոլորել էին մի ճոխ սեղանի շուրջը:

Տեսարանը պարզվեցավ, երբ նա բոլորովին մոտ գնաց. երկայն ձողերի գլխին շամփրած մարմինները մարդկային դիակներ էին, որոնց կենդանի բարձրացրել էր այնտեղ բարբարոս ձեռքը, իսկ այժմ մեռած էին: Նրանք թվով երեք էին, որոնց մի կողմ թեքված գլուխներից սարսափած ճանապարհորդը ճանաչեց երկու քահանայի և մի վարդապետի երեսները: Եղեռնագործության ամենաասոսկալի օրինակն է այդ, որ ստեղծել է մահմեդականի անգթության հանճարը,— կենդանի մարդիկ դազուխի զարկելու... Ձողերի շուրջը ածած էին կոտորած դիակներ, որոնք գազանների գիշատելուց ավելի այլանդակվելով սարսափ էին ձգում նայողի վրա:

Հանկարծ երիտասարդը լսեց մի խուլ մրմունջ, որ նման էր այն դառն հառաչանքին, որ արձակում է մարդ մահվան տագնապի մեջ տանջված րոպեներում: Նա շտապեց դեպի ձայնը: Գետնի վրա նշմարվում էին արյան կաթիլների հետքեր, որոնք հազիվ տեսանելի շավիղի նման տանում էին դեպի այն կողմը: Տասը քայլ հազիվ փոխել էր նա, հանկարծ ծնկները թուլացան, գետնին փռվեցավ և գրկեց մի ալեզարդ ծերունի: Մի քանի րոպե մեռնողը և կենդանին մնացին անմռունչ:

Մեռնողը ավելի շուտ ոգի առավ, քան թե կենդանին, և առաջինը խոսեց իր թույլ, դողդոջուն ձայնով. «Հիմա, տե՛ր, ա՛ռ հոգիս, որովհետև մեռնում եմ որդուս գրկի մեջ»:

Երիտասարդը դեռ անշարժ էր:

Ծերունին ավելացրեց.

«Տասը տարի կորած որդիս այժմ կփակե հոր աչքերը»:

Երիտասարդի գլուխը դեռ այնպես ընկած էր ծերունի հոր կուրծքի վրա: Հայրը իր թույլ ձեռքով բարձրացրեց այն սիրելի գլուխը և ասաց.

«Սարհա՛տ, աննման Սարհա՛տ, թող օրհնեմ քեզ, հետո մեռնեմ»:

— Բայց առաջ դու լսի՛ր որդուդ անեծքը, և հետո մեռիր,– ասաց երիտասարդը զայրացած ձայնով:— Այո՛, տասը տարի կորած որդիդ այժմ պետք է փակե հոր աչքերը, որին գտնում է արյան մեջ շաղախված: Բայց ո՞վ եղավ որդուդ կորչելու պատճառը, եթե ոչ ինքը հայրը: Ես անառակ որդի չէի, ես փչացնող և արբեցող չէի,— ես միայն սիրում էի զենքեր, սիրում էի ձի, սիրում էի որսալ: Իմ զվարճությունները համեստ էին: Իսկ այդ բոլորը ատում էիր դու: Ինձ դու ձգեցիր վանքը և կամենում էիր ինձանից ճգնավոր, աղոթող պատրաստել: Այնտեղից ես փախա: Այնուհետև խոփն ու բահը, գերանդին ու մանգաղը,— այդ բաները առաջարկեցիր ինձ: Ես ընդունեցի, բայց առանց հրացանս թողնելու, որովհետև տեսնում էի, որ քուրդը հափշտակում էր մեր վարուցանքը. մի բանով պետք է պահպանել նրան: Բայց դու ինձ խրատում էիր բարի լինել և բարությամբ պատասխանել չարին. դու ինձ ասում էիր. «մենք հայեր ենք, մեր գլուխը պետք է միշտ ցած ծռած լինի, մեր լեզուն միշտ մունջ պետք է լինի և մեր ձեռքը պետք չէ, որ բարձրանա օտարի գլխի վրա...»: Դրանք էին քո քարոզները: Բայց ես տեսնում էի, քանի որ գլուխս ծռում եմ, ավելի շատ են ծեծում. քանի որ լեզուս մունջ եմ պահում, ավելի շատ են հայհոյում,— ես տեսնում էի, երբ ձեռք չեմ բարձրացնում, եղած չեղածս խլում տանում են, և ես մնում եմ աղքատ ու քաղցած: Բայց դու ամեն ինչ աստուծո վրա էիր ձգում, և պատվիրում էիր ինձ համբերել... Ես սկսեցի չհավատալ աստուծուն, երբ տեսնում էի, որ նրա աչքերի առջև ամեն տեսակ չարագործություններ կատարվում են, և նա միշտ մնում է անտարբեր: Իսկ քո բարկության չափն անցավ. դու արտաքսեցիր հոր տնից անառակ որդու, որ իր պապերի սովորություններով չէր գնում, որ ատում էր ստրկական խոնարհությունը, որ չէր սիրում իր հալածողի ոտները լիզել...

— Բայց դու ո՞ւր գնացիր նրանից հետո և ի՞նչ էիր շինում,— հարցրեց վշտացած հայրը:

— Ես այնուհետև դարձա մի թափառական որսորդ: Բայց անասուններ սպանելու և մարդիկ մորթելու մեջ մի քայլ միայն կա,— որդիդ հետո դարձավ ավազակ և սկսեց մարդիկ կոտորել... Եվ ինչո՞ւ չկոտորեի, ինչո՞ւ չհափշտակեի, երբ տեսնում էի, այն մարդիկը, որ նույնն են գործում, ավելի բաղտավոր են, ավելի հարգելի են: Եվ որ ընդհակառակն, տեսնում էի, այն մարդիկը, որ բարի են, որ մի մրջիմ անգամ սպանելու սիրտ չունեն, որ ավազակ չեն,— նրանք թշվառ են, և ո՛չ իրանց ընտանիքի, և ո՛չ իրանց կայքի, և ո՛չ իրանց գլուխների տերը չեն...:

Երիտասարդը լռեց և փոքր ինչ շունչ առնելուց հետո դարձյալ շարունակեց.

— Տեսնում ես, հա՛յր, դու էլ բարի մարդ էիր, գառան պես խոնարհ էիր դու, բայց քո բարությունը քեզ չօգնեց: Եվ այդ քահանաները, որ բարձրացած են ձողերի գլխին, և այդ դիակները, որ ընկած են նրա շուրջը,— բոլորն էլ բարի մարդիկ էին. ես ճանաչում եմ նրանց: Բայց չարի առջև ընկան, բարությունը չօգնեց նրանց...: Չարի հետ պետք է չար լինել, բարիի հետ բարի. այս է պահանջում անարդար մարդկությունը...:

— Մի՛ տանջիր ինձ, որդի. թո՛ղ հանգիստ մեռնի անբաղտ հայրդ,— ասաց ծերունին նվազած ձայնով: Քո լեզուն ավելի խոր է խոցում իմ վերքը, քան քուրդի նիզակը...:

— Ո՛չ, դու հանգիստ մեռնել չե՛ս կարող: Նա չէ կարող հանգիստ մեռնել, որ հանգիստ չէ ապրել: Հանգստությունը մեզ համար չէ, ո՛չ մեր խրճիթներում, և ո՛չ գերեզմանի խորքում...:

— Դու գնացի՞ր, տեսա՞ր մեր խրճիթը,— հարցրեց հայրը:

— Տեսա, այրվում էր նա:

— Իսկ մա՞յրդ... քույրե՞րդ... եղբա՞յրդ...:

— Ոչ ոք չկար. գյուղումը միայն դիակներ գտա:

— Եվ չշտապեցի՞ր մի օր առաջ ձեռք հասցնել անօգնական հորը և ազատել նրա ընտանիքը:

— Ես դրա վրա չէի մտածում, թեև գիտեի, որ այս երկիրը այս օրերում կրակի և սրի կերակուր պիտի դառնա: Եվ ի՞նչ կարող էի անել ես. մի ձեռքը բյուրավոր ձեռքերի դեմ ոչինչ անել չէ կարող:— Եվ ո՞վ կարող է օգնել մի ժողովրդի, որ ինքն իր ձեռքովն է սրում թշնամու սուրը: Ավելի քան բռնակալը, մենք ինքներս մեզ համար պատրաստեցինք ստրկության շղթաները... նրանց դարբնեցին մեր պապերը և կաշկանդեցին զավակներին...: Եվ թո՛ղ անի՛ծյալ լինին նրանք... որ խլեցին մեզանից ամեն մի երկաթի կտոր և մի դանակ էլ չթողեցին մեզ մոտ...: Եվ թո՛ղ անի՛ծյալ լինին նրանք, որ խլեցին մեզնից մեր սիրտը և նրա տեղը մի կտոր մեռած միս դրեցին...: Եվ թո՛ղ անի՜ծյալ լինին նրանք, որ սովորեցրին մեզ բարի լինել, հնազանդ լինել, համբերող լինել...:

Այսպես անազորույն որդին կարդում էր իր սարսափելի անեծքները ողորմելի հոր գլխին, այսպես նզովում էր նա պապերի սուրբ հիշատակը, մի այնպիսի րոպեում, երբ ծերունին մարելու վրա էր: Այսպես մի չար դևի նման, կարծես աշխատում էր խլել նրանից իր վերջին շունչը, նրանից, որ իրան շունչ և կյանք էր տվել:

— Բավական է,— խոսեց ծերունին մեծ դժվարությամբ:— Դու եկար մեր գլխին անեծքնե՞ր թափելու:

— Ո՛չ, ես դրա համար չեկա: Մեր հայրերը այդ պատվին էլ արժան չեն:— Ինձ քաշեց դեպի հայրենիքը մի սիրտ, որը սիրում էր ինձ: Ես եկա նրան ազատելու: Հորից, մորից և ազգականներից անարգված որդուն սիրում էր նա: Նա սիրում էր ավազակին, որից դժողքը սարսափում է. նա սիրում էր եղեռնագործին, որին հրեշտակները և սատանաները ատում են: Ես եկա նրան փրկելու...:

Ծերունու գլուխը կրկին թեքվեցավ որդու բազուկների վրա, և նա վերջին խոսքերը չլսեց: «Դու անիծեցիր, բայց ես օրհնում եմ քեզ»...— ասաց նա և աչքերը փակվեցան: Բայց շրթունքները դեռ շարժվում էին. և նա մրմնջում էր աղոթքի նման մի բան, որ վերջացրուց այս խուքերով. «աստված, ների՛ր որդուս»...:

Այդ նրա վերջին խոսքն եղավ:

Երիտասարդը երկար բաց չէր թողնում հոր անշնչացած մարմինը իր գրկից. երկար նրա աչքերից արտասուքը թափվում էր ծերունու ձյունի պես սպիտակ, բայց արյունով ներկված ալիքների վրա: Այդ երկրորդ արտասուքն էր, որ թափում էր նա սիրելի հայրենյաց հողի վրա ոտք կոխելեն հետո:

Երբ բոլորովին հանգստացած էր ծերունին, նա վեր առավ մարմինը և այնպես արյունաթաթախ դրեց մի փոսի մեջ. հետո իր դաշույնի ծայրով փորեց հողը, ծածկեց նրան: Եվ ապա մոտավոր լեռան ժայռերի բեկորներից բերեց մի քանի կտորներ և դրեց գերեզմանի վրա, ասելով.— Հանգստացի՛ր, ո՛վ բարի մարդ, և թող այս գերեզմանը մոտ լինի այդ զոհարանին, ուր մորթվեցան մեր հայրենիքի երևելիները: Այս սպանդանոցը կլինի մի հավիտենական խրատ ապագա սերնդին, որոնց հիշել կտա իրանց թշվառ անցյալը... որոնց մտածել կտա հիմնել ներկան ավելի հաստատուն պայմանների վրա... և այն ժամանակ գուցե պապերի արյունը որդիների փրկության ճանապարհը կբա՛ցանե...:

Ե

Ամփոփելով հոր մարմինը իր անշուք գերեզմանի մեջ, երիտասարդը կրկին շարունակեց իր ճանապարհը: Նա այժմ գնում էր բոլորովին խելագարի նման, ընկած դառը մտածությունների մեջ: Կորցնելով հայր, մայր, եղբայր և քույրեր, նա այժմ սարսափելի կասկածի մեջ էր՝ կորցնել և նրան, որին սիրում էր: Այս պատճառով շտապում էր նա: Բայց դեռ բավական ճանապարհ կար, մինչև կհասներ այն գյուղը, ուր բնակվում էր նա:

Նա գնում էր այնպիսի անանցանելի շավիղներով, որոնց շրջակայքում ժայռերի, մացառների և թփերի մեջ մի ամբողջ բանակ կարող էր թաքչիլ և ուղևորի աչքից անհայտ մնալ: Եվ այս պատճառով մեծ եղավ նրա զարմանքը, երբ մի քանի անգամ նրա ականջներին զարկեցին անորոշ ձայներ, հետո պարզ լսելի եղավ իր անունը՝ «Սարհատ, Սարհատ»: Ո՞վ կարող էր լինել դա: Նույն շրջակայքում հազիվ թե մի մարդ կարող էր ճանաչել նրան, թեև նա ուներ ընկերներ, բայց նրանց մի քանի օր առաջ զանազան հանձնարարություններով ուղարկել էր դեպի զանազան կողմեր: Մտածեց, գուցե նրանցից մեկը լինի և մատը բերանին դնելով, խորհրդական ձայնով շվացրուց: Նրան պատասխանեցին բավական մոտավոր տեղից, բայց ձայնը շատ օտարոտի երևաց: «Նրանցից և ոչ մեկը լինել չէ կարող»,— մտածեց ինքնիրան, և հրացանը ուսից վեր բերելով, կանգնեց, իր շուրջը նայելով: Նույն միջոցին «Սարհատ» անունը կրկին զարկեց նրա ականջներին, երկու թևքեր փաթաթվեցին նրա վզովը, և մի մարդ սկսեց ջերմ համբույրներ սփռել նրա երեսի վրա:

— Երևի իմ տերը չէ ճանաչում իր ծառային,— ասաց նա քրդերեն լեզվով:

— Ճանաչեցի, Մըստո,— պատասխանեց երիտասարդը և ուրախությամբ համբուրեց նրան:

Մըստոն ազգով քուրդ էր, եզիդիների աղանդից. նա երիտասարդի հոր հովիվն էր և նրա մանկության ընկերը: Մի կլորիկ պատանի էր Մըստոն խիստ աշխույժ և հավատարիմ, երբ թողեց նրան երիտասարդը, իսկ այժմ գտնում էր նրան հասակն առած և բոլորովին այրական դեմք ստացած: Նա զինվորված էր թեթև կերպով. ուներ միայն հրացան, թուր և ատրճանակներ: Երիտասարդը շատ ուրախացավ, որ հանդիպեցավ իր հոր տան հավատարիմ ծառային, և ավելի այն պատճառով, որ նրանից կարող էր քաղել այն տեղեկությունները, որ իրան շատ հարկավոր էին:

— Ա՜խ, որքա՜ն հիմար եմ ես, Սարհատ,— ասաց

Մըստոն իր սովորական ծիծաղով.— քիչ էր մնում, որ չճանաչեի քեզ. հենց որ տեսա, մտա թփի ետևը, հրացանս ուղղեցի... հենց տրխկացնելու վրա էի, մեկ էլ աչքիս ընկավ ճակատիդ սպին. ինձ ու ինձ ասացի, դա աղան է, էլ չարձակեցի...— Ա՜խ, ինչպե՜ս փոխվել ես դու, սատանան չի ճանաչի:

Մըստոն կրկին փաթաթվեցավ և կրկին սկսեց համբուրել իր տերին:

— Դու ուզում էիր ինձ սպանե՞լ, Մըստո,— հարցրեց երիտասարդը:

— Պա՛: Ուզում էի նիզակդ խլել. իմը կոտրվեցավ: Առանց նիզակի քուրդին ամոթ է ման գալ:

— Ե՞րբ կոտրվեցավ:

— Կռիվ ունեցա քրդերի հետ, երբ մեր ոչխարները թալանում էին: Բոլորը տարան անհավատները, մի հատ էլ չթողեցին: Քո քուռակն էլ տարան, Սարհատ, այն կապույտ քուռակը. մի տեսնեի՜ր, ի՜նչ լավ ձի էր դարձել,— ամեն օր լավ ուտացնում, չաղացնում էի, մի օր աղան կգա, կնստի. տարան անհավատները... այնքան ոչխարներից մեկն էլ չթողեցին:

— Մե՞ր ոչխարները:

— Ձերը. բա ո՞ւմը. Մըստոն խո ոչխար չունի:

Ոտքիս էլ գնդակ դիպավ: Բայց ես էլ մի քանիսին գլորեցի…

— Հիմա ո՞ւր էիր գնում այսպես կաղլիկ ոտով:

— Գնում էի այս կողմը… բան կար…

— Ի՞նչ կար:

— Ա՜խ, լեզուս չէ բռնում, որ ասեմ… անիծվի՜ն քրդերը… աղայինս…

Մըստոն չկարողացավ իր խոսքը վերջացնել, նրա աչքերը լցվեցան արտասուքով և սկսեց երեխայի նման հեկեկալ:

— Սպանեցի՞ն… իմանում եմ, — ասաց երիտասարդը: — Գնում էիր ի՞նչ անես:

— Թաղեմ: Խո այսպես չէի թողնելու: Իմ աղան լավ աղա էր:

— Ես թաղեցի,— պատասխանեց երիտասարդը տխուր ձայնով:— Դու էն ասա՛, Մըստո, թե մի բան գիտես մորս, քույրերիս և եղբորս մասին:

— Մըստոն ամեն բան գիտե. գիժ չէ՞, որ չգիտենա:— Գլխի՞ցը պատմեմ:

— Ո՛չ, կարճ կապի՛ր: Ի՛նչ կիարցնեմ, էն ասա:

— Լավ, հարցրու:

— Ե՞րբ եկան քրդերը:

— Քրդերը եկան երկու օր առաջ. գիշեր էր, երբ եկան նրանք. մարդիկ բոլորն էլ քնել էին: Նրանք շատ չէին, հարյուր ձիավոր հազիվ կլինեին, որ եկել էին մեր գյուղի վրա. մյուսները գնացել էին ուրիշ գյուղերի վրա: Բայց հայի գյուղը թալնելու համար տասը ձիավոր էլ բավական է:— Ինչո՞ւ հայերը դոչաղ չեն, աղա, դա լավ չէ, դա շա՛տ վատ է:— Լացն ու աղաղակը բարձրացավ, երբ նրանք խրձիթների դռները կոտրատեցին և ներս մտան: «Տո՛, խանիխարաբնե՛ր, ասում էի ես հայերին, խո կնիկ չեք, մարդ եք, թե որ թուր ու թվանք չունեք, քարով, փայտով, կացինով խփեք ու դուրս արեք էդ շներին»: Բայց ով էր իմ ձենը լսողը: Առաջ նրանք սկսեցին դուրս տալ, ինչ որ տանելու էին, թե՛ ապրանք, թե՛ կին և թե՛ աղջիկ. բայց մնացած անպիտան ապրանքները՝ ծերերի, պառավների, երեխաների հետ՝ թողեցին խրձիթներում, դռները կրկին փակեցին, հետո կրակ տվեցին, այրեցին: Իսկ տղամարդերին կոտորում էին:

— Ոչ որ չազատվեցա՞վ:

— Ազատվեցան նրանք միայն, որ առաջուց բանը գիտեին ու փախել գնացել էին, սարերում թաք էին կացել: Բայց շատերը չէին հավատում, թե քրդերը այնպես կանեին. նրա համար, որ գայմագամը գրում էր ժողովրդին՝ իրանց տեղումը հանգիստ մնան, չվախենան: Խաբում էր անիծածը:

— Մեր տան հետ ի՞նչ պատահեց:

— Հայրդ տանը չէր, գնացել էր Բաշ-Կալա, ինձ ասաց.— Մըստո, տունը պահիր, մինչև ես կդառնամ: Ես արթուն էի, երբ քրդերը եկան, հրացանը ձեռիս կտուրի վրա կանգնած էի: Բայց ի՛նչ կարող էր անել մենակ Մըստոն այնքան գազաններին. մի տասը տղամարդ եթե հետս ունենայի, նրանց չէի թող տալ, որ գյուղն էլ մտնեին, բայց մենակ էի: Ես ձեռք էլ չբարձրացրի, նրա համար, որ քուրդի խասյաթը լավ էի իմանում, հենց որ մեկին դիպչեի, ոչ մի հոգի կենդանի չէին թողնի: Ես աշխատում էի մի կերպով ընտանիքը ազատել. մնացածը, ասում էի, գլուխը քարը, թո՛ղ տանեն: Առանց ժամանակ կորցնելու, ես տնից դուրս հանեցի մորդ, եղբորդ և երկու քույրերիդ. բայց այնքան հիմար էի, որ չմտածեցի, թե տանը օրորոցի մեջ տղա մնաց: «Երեխա՛ս, երեխա՛ս» գոռաց մայրդ և վազեց դեպի տուն: Ես մնացի երկու սրի մեջտեղում, չէի իմանում, դեպի ո՛ր կողմը դառնամ: Եթե աղջիկներին թողնեի, քրդերը կտանեին,— լավ է, ասեցի, դրանց տանեմ մի տեղ թաքցնեմ, հետո դառնամ դեպի մայրը: Եղբորդ և քույրերիդ թաքցրի գյուղից հեռու զարու արտի մեջ և շուտով վազեցի դեպի մայրդ: Երբ հասա, տեսա, տունը վառվում էր բոցերի մեջ. բայց խեղճ կինը ոչ իմ կանչելուն ականջ դրեց, և ոչ էլ բոցերին մտիկ տվեց, մտավ կրակի մեջ. այն րոպեում փուլ եկավ կտուրը, և նա էլ դուրս չեկավ...:

Քարացածի նման լսում էր երիտասարդը այս բոլորը. նա գունաթափվել էր մարմարիոնի պես, և բարակ շրթունքները դողդողում էին տենդային անհանգստությամբ: Արտասուք նրա աչքերում չէր երևում:

— Հայրս ի՞նչու գնաց Բաշ-Կալա,— հարցրեց նա դողդոջուն ձայնով:

— Երբ լսեցին, թե Շեյխը հրամայել է գավուրներին կոտորել, ամենի վրա երկյուղ ընկավ, չէին իմանում, թե ինչ անեն, ո՛ր կողմը փախչեն, որ ազատվեն: Այն ժամանակ հայրդ հավաքեց գյուղերի տանուտերներին երկու քահանայի ու մի վարդապետի հետ գնացին Բաշ-Կալա, որ մուդուրին, գայմագամին ասեն, որ նրանք ասկար (զինվոր) ուղարկեն երկիրը պահպանելու: Մուդուրն ու գայմագամը առաջ խոստացել էին, թե ասկար կուղարկեն, հետո այսօր էգուց գցելով, այնքան ուշացրել էին, մինչև քուրդը եկավ, իր բանը տեսավ...: Հետո գնացողներն տեսնելով, որ գայմագամը խաբում է, հույսը կտրած ետ էին դարձել: Բայց քրդերը իմանալով, որ գայմագամի մոտ էին գնացել, ճանապարհին բռնել էին և այնպես էին արել, որ դու ինքդ քո բարի աչքով տեսար...

— Հիմա ո՞րտեղ են քույրերս, եղբայրս,— հարցրեց երիտասարդը, երկչոտ վստահությամբ,— մի՛ գուցե նրանց էլ մի փորձանք պատահած լինի:

— Նրանք հիմա լավ տեղում են. ես տարա նրանց մեր էլի (ցեղի) մեջ, մեր չադրումն են կենում կնոջս մոտ:— Դու չե՞ս իմանում, Սարհատ, ես ախար հիմա կին ունեմ, մի երեխա էլ ունեմ, մի սիրուն երեխա: Հայրդ (աստված նրա հոգին լույսի բաժին անե) ինձ պսակեց, մի լավ աղջիկ բերեց, և հարյուր ոչխար էլ տվեց, ասում էր. «Մըստո, բավական է ինչ որ ծառայեցիր, գնա՛ դրանից հետո քեզ համար ապրիր, տուն ու տեղի տեր դարձիր»: Բայց ես ձեր տան հացը կերել էի, նրանով էի մեծացել, ասում էի,—չէ՛, աղա, քո տան մեջ պետք է մեռնեմ, և քանի Սարհատը չի եկել, ես քո մեծ որդին կլինեմ:

Երիտասարդի սիրտը չդիմացավ այս խոսքերին, նա գրկեց Մըստոյին, և ճակատիցը համբուրեց, ասելով.

— Դարձյալ դու իմ եղբայրը կլինես, բարի Մըստո, ես քեզանից չեմ բաժանվի:— Բայց դու այն ասա՛, կարծում ե՞ս, որ եղբայրս և քույրերս ձեր չադրում ապահով կմնան։

Պատանի քուրդը ինքնավստահ պարծենկոտությամբ պատասխանեց.

— Շեյխ Ջալալեդդինը իր բոլոր ավազակներով Մըստոյի չադրը մտնել չէ կարող։ Դու ինքդ լավ ես իմանում եզիդիների դեյրաթը (նախանձախնդրությունը). մի մարդ, ինչ ազգից էլ որ լիներ նա, երբ մտնում էր եզիդիի չադրի տակը, այն ցեղի բարի հյուրն է համարվում. այն ժամանակ բոլոր ցեղը իր արյունը կթափի և իր հյուրին թշնամու ձեռքը չի տա։

Հանկարծ նա խոսքը կտրեց և սկսեց ուշադրությամբ ականջ դնել։

— Լսում ե՞ս,— հարցրեց նա,— այդ ձայները։

— Ի՞նչ ձայներ,— հարցրեց երիտասարդը, որովհետև նա այն աստիճան խռովված էր, որ ոչինչ ձայն չէր լսում։

— Երգում են...։ Այսպես երգում է քուրդը, երբ թալան և գերիներ է տանում։

— Ուրեմն գնանք,— ասաց երիտասարդը։

— Գնանք,— կրկնեց պատանին։

Երկուքն էլ դիմեցին դեպի այն կողմը, որտեղից

լսելի էին լինում ձայները:

Ջ

Կես ժամից հետո նրանք գտնվում էին մի լեռան բարձրավանդակի վրա, որտեղից նկատեցին ձորի մեջ մի ընթացող քարավան, որը հեռավորության պատճառով թեև պարզ չէր նշմարվում, բայց նրա օտարոտի երևույթը խիստ կասկածավոր ձև էր տալիս նրան:

— Մենք քարավանի առաջը կկտրենք, թե որ այս կողմով գնանք,— ասաց Մըստոն ցույց տալով հազիվ նկատելի շավիղը, որ միայն որսորդներին էր մատչելի:

— Բայց ես չեմ ուզում, որ նրանք տեսնեն մեզ,— ասաց Սարհատը խորհրդավոր ձայնով:

— Տեսնել չեն կարող, հազար աչք էլ ունենան տեսնել չեն կարող. այս լեռները ես ճանաչում եմ որպես իմ հինգ մատը: Գնա՛նք:

Մըստոյի ընտրած ճանապարհը, թեև շատ դժվարին էր և անդադար սարսափելի ելևէջներով էր գնում, բայց այնքան կարճ և կտրուկ էր, որ շուտով նրանք անցան քարավանը, և անտեսանելի կերպով թաքչելով թփերի մեջ, սկսեցին հեռվից դիտել նրան: Սարհատը մի հարևանցի հայացք ձգելով քարավանի վրա, տեսավ, որ դա քուրդ ասպատակների մի մեծ խումբ էր, որ տանում էին ավար և գերիներ: Նա դարձավ դեպի իր ընկերը այս խոսքերով.

— Կարո՞ղ ես, Մըստո, մի կերպով մտնել այս քարավանի մեջ և իմանալ, թե գերիները ո՞րտեղից են բերում, ուր են տանում և այս գիշեր ո՞րտեղ կիջևանեն կամ իրանք քրդերը ի՞նչ ցեղից են:

— Բոլորը կարող եմ գիտենալ:

— Ի՞նչպես կմտնես նրանց մեջ:

— Ինչպես պետք է մտնել, ինձ խո չեն ուտի. կգնամ, բարև կտամ, քեֆները կհարցնեմ, հետո ես գիտեմ, թե ինչ կասեմ...:

— Լա՛վ, գնա՛, չուշանա՛ս:

Մըստոն սատանայի նման աներևութացավ: Իսկ Սարհատը այժմ սկսեց ավելի հետաքրքրությամբ նայել քարավանին: Ի՞նչ էր տեսածը: Ձիավոր քրդերի մի բազմություն, եզների, ավանակների և սայլերի վրա բարձած, քշում էին խառնիճաղանճ քարավանը, որ տանում էր տնային կարասիք և զանազան տեսակ իրեղեններ: Բեռների վրա կապել էին մի-մի կամ երկու-երկու կին, աղջիկ և մանկահասակ պատանիներ: Ավարը և գերիները միասին մի բեռն էին կազմում և քշում էին առաջ ամենայն սաստկությամբ: Նրանք տարվում էին այն անասունների վրա, որ պատկանում էին թշվառ գերիների ծնողներին: Տերը իր անասունի վրա նստած, գերի էր գնում: Քարավանի ընթացքը շտապեցնելու համար քրդերը ցցած ունեին իրանց նիզակների ծայրերին մարդկային կառափներ. ծնողների կտրած գլուխը ցույց էին տալիս որդիներին, որպես մի խրտվիլ, որ վախենան, որ փորձ չփորձեն փախչելու, շուտ-շուտ գնան, ուր որ տանում են նրանց և ձայն չհանեն...:

Սարհատը երկար նայել չկարողացավ, նրա գլուխը պտտվեցավ, և քարավանը անցավ:

Նրան այնպես էր թվում, որ աշխարհս փոխվել է, Նեռը հայտնվել է, և մարդը, աստուծո պատկերը, կատաղի գազան դարձած իր նման մարդերի արյունը ծծում է, նրանց միսը ուտում է: Նա շատ էր ցանկանում ինքն էլ նույն գազաններից մեկը լինել, և դրա համար այրական սիրտ և բավական քաջություն ուներ. բայց ափսոսում էր, որ մենակ է, շատ ընկերներ չունի:

Հուսահատություն շատ անգամ ակամա կերպով ձգում է մարդուն ծայրահեղ մտածությունների մեջ: Սարհատը բնությամբ բարի էր, բայց հանգամանքները նրան չար էին շինել: Նա տեսնում էր մի ամբողջ ժողովուրդ և այն ժողովուրդը, որին ինքն էլ էր պատկանում, հավի նման մորթում են, տունը ավերակ են դարձնում, կայքը հափշտակում են, որդիքը գերի են տանում,— և այդ ժողովուրդը ոչինչ միջոցներ չունի պաշտպանվելու: Նա գիտեր, որ այս սոսկալի պատահարները դարերով կրկնվում են նույն ժողովրդի հետ և տակավին նա չէ մտածել ընդդիմադրության մի զորություն կապելու: «Եթե կարիքը,— ասում էր նա,— մարդու վարպետ է անում, եղանակների խստություններից պաշտպանվելու համար նա հագուստ էր հնարում, գազաններից պաշտպանվելու համար զենքեր է հնարում, ինչո՞ւ չէ մտածում նա միևնույն խելքը բանացնել մարդակերպ գազանների ձեռքում զոհ չդառնալու համար»: Այսպես մտածելով, Սարհատը այն եզրակացության էր հասնում, թե այն ժողովուրդը ինքն էր մեղավոր, որ կյանքի պահանջները չէր հասկացել և չէր մտածում թե ինքը երկրի վրա է բնակվում, մարդիկների հետ գործ ունի և ոչ թե հրեշտակների հետ...

Սարհատը երկար էր թափառել երկրի վրա, շատ ազգեր և շատ աշխարհներ էր տեսել, բայց իր կյանքում ոչ մի լավ մարդու չէր հանդիպել, և այդ պատճառով, նա մարդկանց վրա կազմել էր խիստ վատ գաղափար: Բոլոր մարդերին նա ավազակներ էր համարում, այն զանազանությամբ միայն, որ մեկը կոպիտ սրով է հափշտակում. մյուսը խելքով, երրորդը արհեստով, չորրորդը մարդասիրության և քաղաքակրթության անունով և այլն:

Այս տեսակ մտքեր բացատրելու համար Սարհատը իր առանձին լեզուն և արտասանության ձևերն ուներ, «ավազակությունը,— ասում էր նա,— մարդկանց մեջ զանազան գույներով և շատ անգամ գեղեցիկ ծրարներով է հայտնվում. դու պատառիր արտաքին կեղևը. և կտեսնես միջուկը ավազակություն է, և ավելի ոչինչ»:

Սարհատը ինքն էլ ավազակ էր, մի արյունահեղ և սոսկալի ավազակ. նա եթե ծնված լիներ մի ուրիշ երկրի վրա և մեծանար մի ուրիշ շրջանում, գուցե ուրիշ տեսակ մարդ, կամ այլ տեսակ ավազակ կդառնար, որովհետև ամեն մի ավազակի գործունեությունը համապատասխանում է նույն հասարակության, որի միջից նա հայտնվում է: Ավազակը մի սարսափելի բողոք է հասարակության անկարգ կազմակերպության դեմ: Հայաստանի լեռների վրա, ուր երկու հակառակ ծայրերի վրա կանգնած են երկու հակառակ ազգություններ,— մեկը՝ վերջին ստրկության հասած հայը, մյուսը՝ վերջին բարբարոսության հասած մահմեդականը,— եթե ստրուկների կողմից բողոք է բարձրանում դեպի բռնակալությունը, դա բնականաբար պիտի ընդուներ ոչ այլ կերպարանք,— բայց միայն Սարիատի ավազակային կերպարանքը...:

Բայց զարմանալին այն էր, թե ինչո՞ւ այնքան փոքր էր սարիատների թիվը. նրա ամբողջ հրոսակը կազմված էր տասներկու քաջերից, որոնց նա կոչում էր «ավազակների առաքելություն»: — Այս հարցը բացատրելու համար պետք է երկար ու բարակ քննությունների մեջ մտնենք. մենք թողնում ենք այդ, ահա՛ Մըստոն կրկին հայտնվեցավ, տեսնենք, նա ինչ է ասում:

— Ամեն բան իմացա,— ասաց նա:

— Մեկ-մեկ ասա՛, ինչ որ կհարցնեմ,— խոսեց Սարիատը: Ձիավորները քանի՞ հոգի էին:

— Համբարեցի, հիսունից ավել չեն:

— Ո՞ր ցեղից են:

— Հարտոշի են[10]:

— Գերիները և թալանը ո՞ր կողմից են բերում:

— Շատախու կողմերից[11]:

---

[10] Քրդերի մի կիսավայրենի ցեղ է, որ բոլորովին հաստատաբնակ կյանք չէ վարում:
[11] Մի գավառ է Վասպուրականում:

— Ո՞ւր պիտի տանեն:

— Դեպի Սոմայի[12]:

— Այս գիշեր ո՞րտեղ միտք ունեն իջևանելու:

— Հասպիստանի հովիտների մեջ, Խանա-Սորի մոտ:

Սարհատը թողեց իր հարցուփորձը և սկսեց մատներով լուռ մի բան հաշվել. հետո նա կրկին դարձավ դեպի պատանին.

— Ի՞նչ ես կարծում, Մըստո, դրանք ե՞րբ կհասնեն Սախկալ-Թութան կիրճին:

Մըստոն րոպեական մտածությունից հետո, պատասխանեց.

— Սախկալ-Թութան[13] կիրճին կհասնեն, երբ արևը մտնելու մոտ կլինի:

— Ես էլ այսպես եմ կարծում,— ասաց Սարհատը:

— Հիմա լսի՛ր, Մըստո,— ավելացրեց նա.—

[12] Մի գավառ է Պարսկաստանի Ուրմի նահանգի մոտ:

[13] Սախկալ-Թութան նշանակում է մորուքից բռնող. այսպես կոչվում են առհասարակ այն նեղ և դժվար անցանելի կիրճերը, որոնց մեջ ավազակներն ավելի հեշտությամբ են որսում ճանապարհորդներին:

Ի՞նչքան ժամանակում կհասնես մինչև Բիժինկերտ գյուղը։— Ճանաչո՞ւմ ես։

Մըստոն նայեց արևին և պատասխանեց.

— Ուղիղ կեսօրին այնտեղ կլինեմ։

— Շատ լավ,— շարունակեց Սարիատը,— դու տեսե՞լ ես Բիժինկերտից փոքր ինչ հեռու ձորի մեջ մի մատուռ։

— Տեսել եմ, երկուսն է, մեկը քանդված է։ Ո՞րն ես ասում։

— Հենց այն քանդվածն եմ ասում։

— Ճանաչում եմ։ Մի գիշեր այնտեղ թաք եմ կացել, երբ մի ձի էի գողացել։ Լավ թաքնվելու տեղ է։

Սարիատը հետո ուրիշ հարց առաջարկեց։

— Ի՞նչ տեսակ կենդանիների ձայնին նմանեցնել կարող ես։

— Շատերի.— շան նման հաչել գիտեմ, աքլարի նման խոսել գիտեմ, էշի նման կզռամ, գայլի նման կոռնամ, զառան նման կմռռամ, կատվի նման միա-ո՛ւ կանեմ, հոպոպի նման բի՛-բո՛ւ կանեմ,— էլ ի՞նչ ես ուզում։ Ուրիշ շատերն էլ գիտեմ։

— Այդ վերջինը բավական է: Հիմա լսիր: Ուղիղ կգնաս դեպի այն քանդված մատուռը, որտեղ գողացած ձին թաքցրիր: Դեռ չհասած մատուռին մի բլուր կա...

— Որի գլխին տնկած է մի ծակ քար,— ավելացրեց Մըստոն:

— Այո՛: Այն ծակ քարի մոտ կկանգնես, երեք անգամ հոպոպի ձայն կհանես. քեզ կպատասխանեն նույն ձայնով: Հետո ձայնդ կփոխես. երկու անգամ բուի ձայնով կկանչես: Այն ժամանակ քեզ մոտ կհայտնվի մի մարդ: Դու նրան կասես, դեռ արևը մայր չմտած պատրաստ լինեն Սախկալ-Թութան կիրճի մոտակայքում:

— Կարելի է նա հարցրեց, թե քեզ ո՞վ ուղարկեց:

— Իմ անունը կհայտնես:

— Կարելի է, նա չհավատա:

— Այս մատանին ցույց կտաս:

Սարհատը հանեց իր մոտից մատանին և տվեց Մըստոյին:

— Կարելի է նա հարցրեց, թե ի՞նչ գործի համար է:

— Դու կպատմես այդ գերիները տանող

քարավանի մասին բոլորը, ինչ որ տեսար, և կասես, թե քարավանը Սախկալ-Թութան կիրճի մեջ մտածին պես, պետք է նրա առաջը կտրենք, որ ջերիները ու թալանը խլենք քրդերից:

— Իմացա: Նրանք քանի՞ հոգի են:

— Տասն և երկու:

— Ո՞վքեր են:

— Իմ ընկերները:

— Տասն և երկու հոգին բավական է հիսունի դեմ Սախկալ-Թութան կիրճում,— նկատեց Մըստոն.— ես էլ նրանց հետ տասն և երեք կլինենք: Բայց 13 թիվը նաս[14] է:

— Ինձ էլ հաշվելու լինես, 14 հոգի կլինենք,— ասաց Սարհատը, 14-ը նաս չէ:

— Մեզանից չորս հոգի բավական է, որ կիրճի դուռը կտրե, էլ ինքը սատանան չէ կարող այնտեղից դուրս գալ,— նկատեց Մըստոն.— ինչ լավ տեղ ընտրեցիր, աղա, բայց դու ո՞ւր կմնաս:

— Ես ծածուկ կհետևեմ քարավանին, մինչև

[14] Նաս նշանակում է անբարի կամ չարագուշակ: 13 թիվը նաս է համարվում մահմեդականների մեջ. համբարելու միջոցին 13 թվին հասնելու ժամանակ մահմեդականը միշտ անց է կացնում, ասելով. «13 չէ»:

կիրճին հասնելը։— Բայց դու այն ասա՛, ոտքդ քեզ խո չի՞ նեղացնի. մինչև Բիժինկերտ բավական հեռու է։

— Ո՛չ, չի նեղացնի, անիծված գնդակը մսի միջովն է անցել, ոսկորին չի դիպել, մահլա՛մ եմ դրել ու պինդ կապել։

— Վերքը քանի՞ օրվա է։

— Երեք օրվա, այսպիսի վերքեր շատ է տեսել Մըստոն, վնաս չունի։

— Դե՛հ, հիմա գնա։

Սարհատը և Մըստոն բաժանվեցան, մեկը սկսեց գնալ դեպի քանդված մատուռը, մյուսը սկսեց զարտուղի ճանապարհներով հետևել գերիվարներին։

Է

Սարհատի հետ բավական ծանոթ է ընթերցողը, հարկավոր է փոքր ինչ ծանոթանալ և նրա ընկերների հետ, որոնցից կազմված էր նրա հրոսակը։ Չնայելով, որ Սարհատն էր պետը և գլխավորը իր խումբի, բայց բոլորին «եղբայր» էր կոչում, և իրավ, այս կոչմանը արժանի էին նրանք, միացած լինելով եղբայրական խիստ սերտ կապերով։ Նրա խումբը հավաքված էր զանազան տեղերից զանազան ժամանակներում, որոնց թիվը տասն և երկուսից խիստ հազիվ էր անցնում: Նրանց մեջ կային սասունցիք, զեյթունցիք, շատաղցիք, դիարբեքիրցիք, նրանց մեջ կային՝ մի քահանա Խարբերդի քրդախոս հայերից և մի վարժապետ: Այս վերջինը Կ. Պոլսում բարեգործական նպատակով կազմված մի ընկերության անդամ էր, որ ուղարկվել էր Վանա կողմերի գյուղորայքում կրթություն տարածելու, բայց ռուս-թյուրքական պատերազմի խռովությունների ժամանակ նա միացավ Սարհատի խմբի հետ, երբ քրդերը նրան իր գյուղական դպրոցի մեջ աշակերտների առջև սաստիկ ծեծեցին, և նրա սանիկներից մի քանիսը առևանգեցին, և մի քանի օրից հետո կրկին բաց թողեցին:

Սարհատի խումբը կազմված էր քրդի կերպարանքով և գործում էր քրդի անունով: «Հայ» անունից խորշում էր նա, ոչ թե այն պատճառով, որ այդ անունը ատելի էր նրան, այլ ընդհակառակն, սիրում էր նա հայությունը,— բայց այդ անունը անհամապատասխան էր գտնում թե՛ իր պաշտոնին և թե՛ նպատակներին: Իր թափառական կյանքում, թե՛ նա ինքը, և թե՛ իր խումբը անդադար զարկվում էին քրդերի հետ, և անդադար որևիցե թշնամական հաշիվ էին վերջացնում այս և այն մահմեդական ցեղի հետ, բայց եթե ցույց տային, թե իրանք հայեր են, այն ժամանակ իրանց հակառակորդները կարող էին վրեժխնդիր լինել այն ողորմելի և անպաշտպան հայերից, որոնք գուցե Սարհատի գոյության մասին ամենևին տեղեկություն նս չունեին:

Սարհատը իր խումբի հետ Դիարբեքիրի կողմերումն էր, երբ լսեց քուրդերի կատաղի շարժումը, երբ իմացավ Ջալալեդդինի սարսափելի դիտավորությունը և երբ հայտնի եղավ նրան Շեյխ Իբադուլլահի դժոխային խորհուրդը: Նա իսկույն յուրայիններով շտապեց դեպի Աղբակա կողմերը: Երկու ցանկություն նրան քաշեցին դեպի իր հայրենիքը, որին վաղուց մոռացել էր. առաջինը, Աղբակը քուրդերի արշավանքի գծի վրա գտնվելով, ավելի պետք է ենթարկվեր նրանց ասպատակություններին, մտածում էր իր հայրենակիցներին օգնության ձեռք հասցնել, երկրորդ, որ ավելի գլխավորն էր, այստեղ կար «մեկը», որին նվիրված էր իր բոլոր սրտով:

Սարհատի այն խոսքերը, որ նա արտահայտում էր իր հայրենիքի ավերակների վրա շրջելու ժամանակ, այն խոսքերը, որ նա այնքան անգութ կերպով դուրս թափեց հոր առջև նրա հոգեվարքի րոպեներում,— այս բոլորը հուսահատ սրտից դուրս բխած հառաչանքներն էին, այս բոլորը դամբանական ողբեր էին, որ նա կարդում էր իր հայրենիքի գերեզմանական անշարժության վրա: Նա զայրանում էր, նրա վրդովմունքը կատաղության և խելագարության էր հասցնում նրան, երբ տեսնում էր, որ իր հայրենիքը այն չէր, ինչ որ ինքը ցանկանում էր որ լիներ: Նա շատ լավ էր հասկանում իր վիճակի բոլոր վատթարությունը, նա ինքը սարսափում էր իր արյունոտ ձեռքերից, թեև այն ձեռքերը միշտ թշվառների պաշտպան են եղել, և երբեք չեն թափել մի անմեղ արյուն,— բայց նրա անձնասիրությունը վիրավորվում էր, տեսնելով, որ ինքը իր բոլոր արժանավորություններով ստիպված էր լինել մի ավազակային հրոսակի գլխավոր, մինչդեռ կարող էր ամբողջ գունդերի հրամայել և իր հայրենիքը մաքրել ավազակներից...

Դեռ Աղբակ չհասած, նա իր ընկերներին առաջարկեց այնտեղ, պատվիրելով հարկավորած օգնությունը մատուցանել տեղային բնակիչներին, իսկ ինքը մենակ ուղևորվեցավ դեպի Վան քաղաքը: Այնտեղ նա ներկայացավ փաշային, և հայտնելով այն վտանգը, որ սպառնում է Աղբակա հայերին, խնդրեց, որ իրան թույլ տան տեղային բնակիչներից կազմել մի գունդ երկիրը քրդերի և բաշիբոզուկների ասպատակություններից պաշտպանելու համար: Բայց նրա խնդիրը չընդունվեցավ, նրան պատասխանեցին, թե «կառավարությունը ինքն ամեն խնամքներ գործ է դրել երկրի հանգստությունը պահպանելու համար»:

Նա ինքը շատ լավ էր հասկանում այս խոսքերի նշանակությունը և վերադարձավ Վանից առանց բավականություն ստանալու: Եվ այս էր պատճառը, որ մենք առաջին անգամ հանդիպեցինք նրան Խոշաբա ձորում, միայնակ Վանից դառնալիս, տխուր և հուսահատ:

Բայց նրա եռանդը դեռ բոլորովին չէր թուլացել: Երբ մտավ Աղբակ, կրկին փորձեց իրագործել իր նպատակը: Նա դիմեց մի քանի քահանաների, վարդապետների և տանուտերերի, աշխատում էր նրանց համոզել, թե պետք է զինվորել ժողովուրդը գալոց վտանգի առաջը առնելու համար: Ջալալեդդինը դեռ այն ժամանակ չէր սկսել իր արշավանքը , բայց ամեն տեղ սկսվել էին նկատելի լինել քրդերի բարբարոսությունները: Նա օրինակ էր բերում իրանց դրացի Ջոլամերիկի ասորիներին, որոնք զինվորված էին և ոչ մի քուրդ նրանց երկիրը ոտք կոխել չէր կարողանում, և ոչ ինքը կառավարությունը կարողացավ նրանց զինաթափ անել, որովհետև պատասխանում էին, թե մենք պետք է որ մեր գլուխը պահենք, երբ որ կառավարությունը մեզ պահպանելու շնորհք չունի: Նա այսպիսի շատ օրինակներ էր բերում, քաջալերական խրախույսներ էր տալիս, հորդորում էր և ուրիշ շատ բաներ էր ասում... Բայց քահանաները, վարդապետները և ժողովրդի իշխանները նրան հիմարի և խելագարի տեղ էին դնում...: Այս ավելի վշտացրեց նրան, քան թե փաշայի խաբեությունը, և այն ժամանակ նա ավելի համոզվեցավ, թե այդ ժողովուրդն ինքն է դատապարտել իրան մի ցած ստրկության, թե նա ինքն է պատրաստել իր համար մի այնպիսի թշվառ ներկա...

Այն օրից, որ բաժանվել էր նա իր ընկերներից, նրանց մասին տեղեկություն չուներ, և չգիտեր, թե ո՞րտեղ մնացին կամ ի՞նչ շինեցին։ Միայն այն օրը մի պայմանյալ օր էր, որ նրանք ամեն կողմից պետք է հավաքվեին «քանդված մատուռի» մոտակայքում, և ինքն այնտեղ գնալով, պետք է տեսնվեր իր ընկերների հետ։ Բայց գերեվար քարավանի անակնկալ հանդիպումը նրան ստիպեց ուղարկել իր հավատարիմ Մըստոյին նրանց կանչելու Սախկալ-Թութան կիրճի մոտ, որտեղ գուցե կարողանային ազատել թշվառ գերիներին։

Մըստոյի ձեռնարկությունը անպտուղ չմնաց, նշանակած ժամում Սարհատի ամբողջ խումբը պատրաստ էր Սախկալ-Թութանի մոտ։ Ինքը նույնպես հասավ այնտեղ։ Տեսնելով իր ընկերներին, նա համբուրվեցավ բոլորի հետ, ասելով.

— Ուրախ եմ, որ ամենիդ մարմնով առողջ եմ գտնում, թեև համոզված եմ, որ սրտով ձեզանից ամեն մեկը վիրավորված է, վշտացած է, տեսնելով այնքան ավերածներ և կոտորածներ, որ գործել է բարբարոս ձեռքը: Բայց այսօր մի գեղեցիկ դեպք առիթ կտա ձեզ գործ դնել ձեր քաջությունը, և դրա համար էլ կանչեցի ձեզ: Մենք 14 հոգով գործ պետք է ունենանք ավելի քան հիսուն հոգի վայրենի Հարտոշիների հետ:

— Մըստոն բոլորը պատմել է մեզ,— պատասխանեց քահանան, որին այժմ կոչում էին Դալի-Բաբա[15]:— Այս խաչով (նա ցույց տվեց իր սուրը) Հարտոշիների գլխին մի լավ «պահպանիչ» կկարդամ:

— Դեպքը, իրավ, գեղեցիկ է, այս կիրճի մեջ մի զվարճալի խաղ կունենանք Հարտոշիների հետ,— ասաց ոգևորված վարժապետը, որին

այժմ կոչում էին Քիթաբ-Դալիսի[16]:

— Հարտոշիների հետ լավ է գործ ունենալ նեղ ծակերում, այդ անիծվածները իրանց բերաններից էլ են կրակ փչում,— ասաց

---

[15] Դալի– բաբա նշանակում է գիժ հայր, այդ անունը խիստ հատկանիշ էր նրա տարապայման բնավորությանը, որ փոխել էր քրիստոնեական ներողամտությունը հին կտակարանի վրեժխնդրության հետ:

[16] Քիթաբ-Դալիսի նշանակում է գրքից խելագարված:

սասունցի Հարոն, որին կոչում էին Սասուն Այրսը, այսինքն՝ սասանի արջ:

— Այդ դատարկախոսություններով ժամանակ ենք կորցնում, Հարտոշիները հեշտ ուտելու պատառ չեն...— նկատեց զեյթունցի Ներսոն, որին կոչում էին Զեյթուն–Քայասը, այսինքն՝ Զեյթունի ժայռ:

— Իրավ, ժամանակը թանկ է մեզ,— խոսեց Սարհատը.— մտածենք գործի վրա: Հարտոշիները ձեզ հայտնի են իրանց քաջությամբ, նրանց հետ երեխայի խաղ ունենալ անմտություն է: Մեզ կնպաստե միայն տեղը և դիրքը, և այս պատճառով ես ընտրեցի այս կիրճը: Ձեզանից ամեն մեկը թաքնված կլինի քարաժայռերի ետևում, և այնքան կսպասե, մինչև ամբողջ քարավանը կլցվի կիրճի մեջ. այն ժամանակ դուք պետք է բաժանվեք երկու մասն, յոթ հոգի պետք է փակե կիրճի մուտքը, իսկ յոթ հոգի՝ նրա ելքը: Մենք 14 հոգի ենք: Ես կտամ հարձակողական նշանը բազեի ձայնով: Աշխատեցեք, որքան կարելի է, հեռու մնալ արյունհեղությունից: Խոսեցեք միշտ Ռավանդների բարբառով, որովհետև Ռավանդները Հարտոշիների հետ մի թշնամի ցեղ են. թող նրանք կարծեն, թե գործ ունենե Ռավանդների հետ: Եթե անձնատուր եղան, պայմանների մասին կխոսեմ ես: Հարձակումները միշտ մի տեղից, կամ մի կողմից չպետք է լինեն, շուտ-շուտ փոխեցեք ձեր դիրքը, որ թշնամին կարծե, թե բազմաթիվ եք: Փախչելու աշխատողներին իսկույն ծակեցեք, որ ուրիշ տեղ խաբար չտանեն:

Սախկալթութանը այն սարսափելի կիրճերից մեկն էր, որի նմանը շատ անգամ հանդիպում է Հայաստանի լեռներում. նրա աջ և ձախ կողմերից սեպացած ժայռերը պարսպաձև բարձրանում էին, մեջտեղում թողնելով մի նեղ անցք, որի միջով քարավանը անցնելու համար հարկավոր էր, որ բոլոր գրաստները մինը մյուսի ետևից շարված լինեին, որովհետև մոտեմոտ գնալու համար բավական նեղ էր ճանապարհը:

Նրանք գտան քարավանը այս դրության մեջ շարված կիրճի մուտքից սկսյալ մինչև նրա ելքը: Հոգնած քարավանը խիստ դանդաղ էր ընթանում: Սարհատը գործն այնքան ետ ձգեց, մինչև արևը մտավ և բոլորովին մթնեց: Բայց լուսնյակ գիշեր էր: Այնուհետև նա, վեց հոգի իր հետ առնելով, կտրեց կիրճի ելքը, իսկ վեց հոգի Դալի-Բաբային հանձնելով, պատվիրեց կտրել կիրճի մուտքը: Քարավանը մնաց մեջտեղում նեղ փապարում լցված: Քարավանը նո՛ւյն դրության մեջ էր գտնվում, որպես թե ածած լիներ մի հսկայական խողովակի մեջ, որի երկու ծայրերը փակված էին:

Բազեի սուր և ձգական ձայնը հնչեց, որպես թե

մոտենում է իր որսին: Զանազան տեղերից լսելի եղան հրացանների որոտմունքներ: Կիրճի մեջ սկսվեց մի աղմկալի իրարանցում և բարձրացավ խուլ դղրդյուն: Հարտոշիները կատաղած գազանների նման սկսեցին այս կողմ և այն կողմ վազվզել, բայց ամեն տեղ հանդիպում էին որոտացող կրակների: Առյուծը ընկած էր երկաթի վանդակի մեջ:

Քուրդը վտանգի րոպեներում ցույց է տալիս իր բնավորության բոլոր վսեմությունը: Նա վիշապ է դառնում և կամենում է լեռները, ժայռերը կլանել: Կիրճի ահագին պարսպաձև շղթաները ևս ոչինչ էին թվում կատաղած Հարտոշիի աչքին, նա վագրի նման մագլցում էր սեպացած ժայռերը, որ վեր բարձրանա և դեմառդեմ հանդիպի թշնամուն: Բայց բնությունը հաղթող էր հանդիսանում, վագրը սարսափելի բարձրությունից կրկին գահավիժվում էր, կրկին գլորվում էր ցած:

Կիրճի մեջ քրդերի կատաղի աղաղակը, զերիների լացն ու կոծը, աջ և ձախ որոտացող կրակների բոմբյունը, միախառնվելով, կազմում էին խիստ սոսկալի ներդաշնակություն: Կռիվը երկու կողմից ևս շարունակվում էր գազանային համառությամբ: Քրդերը վճռել էին մինչև վերջին շունչը ընդդիմանալ: Այն ժամանակ բազեի խորհրդական ձայնը նորից երեք անգամ հնչվեցավ, դա նշան էր, թե պետք չէ զթալ:

Գնդակները կարկուտի արագությամբ սկսան թափվել կիրճի մեջ:

Պարզ-լուսնային գիշերը բավական նպաստում էր կռվին, և մեր քաջերը չէին վրիպում իրանց նետումներից և կարողանում էին նշան դնել քրդերին միայն, և գերիներին չվնասել:

Մի ամբողջ ժամ նս հուսահատական-հանդգնությամբ կռվելուց հետո, քրդերի միջից լսելի եղավ մի ձայն՝ «անձնատուր ենք լինում»: Այն ժամանակ Սարհատը բարձրացավ մի քարի վրա և սկսեց վերևից խոսել:

— Ավելի լավ կլիներ, որ շուտ անձնատուր լինեիք, այն ժամանակ գոնե ձեր մեծ մասը կենդանի մնացած կլիներ, դուք ձեր համառությամբ շատերին կոտորել տվիք: Վնասը մեծ չէ. քաջերի ճակատագիրն է այդ. գովում եմ ձեր հանդգնությունը: Հիմա լսեցեք պայմանները.— դուք ամենքդ կմնաք կիրճի մեջ, բայց ավարը և գերիները բաց կթողնեք իրանց գրաստներով: Մենք ձեզանից չենք խլի ձեր զենքերը և ձիերը, դրանք պետք են ձեզ. միայն կողոպուտից ոչինչ չպետք է պահեք ձեզ մոտ: Դուք կմնաք կիրճի մեջ և չեք շարժվի մինչև առավոտյան լուսաբացը. այն ժամանակ ազատ եք, որ կողմ կամենաք, գնացեք:— Համաձա՞յն եք:

— «Համաձայն ենք»,— լսելի եղավ կիրճի միջից:

— Ուրեմն, բա՛ց թողեք գերիներին և ավարը:

Մի քանի ժամվա մեջ կիրճը դատարկվեցավ: Այնտեղ մնացին քսան հոգու չափ Հարտոշիներ միայն:

— Դալի-Բաբա,— դարձավ Սարհատը դեպի քահանան,— քեզ հետ կվեր առնես չորս հոգի և կքշես քարավանը դեպի Սալմաստ. մինչև արևի դուրս գալը դուք կանցնեք Պարսկաստանի սահմանը, և Սալմաստում տեղային հայերի մոտ ողորմելիները ապահով կլինեն, որովհետև այնտեղ են փախել բոլոր աղբակեցիք, որոնք ազատվել են քրդերի ձեռքից: Սալմաստը պարսից երկիր է, այստեղ տաճկաց քրդերը մուտք գործել չեն կարող: Լսիր, ամենևին ցույց չպետք է տաս հայությունդ և գերիները չպետք է գիտենան, թե ով ազատեց նրանց: Պարսից սահմանից դու կդառնաս քո ընկերների հետ և մեզ կգտնես Իրցի-ձորի մեջ, այն քարանձավում, որ քեզ ծանոթ է: Իսկ ես այդ անպիտաններին կպահեմ կիրճի մեջ, մինչև դուք բավական կհեռանաք, և արևը դեռ չծագած, բաց կթողնեմ:

Դալի-բաբան համբերությունը հատած, պատասխանեց.

— Անիծված լինեմ, եթե ես տերտեր ժամանակս մի այսպիսի երկար քարոզ եմ տվել: Օրհնած, ի՞նչ ես ծանր ու բարակ ամեն բան այս չափ բրդում. ես խո նոր չեմ սովորում իմ գործը:

— «Ուրիշի խրատը լսիր, և իմացածդ էլ քեզ պահի՛ր», — ասել են մեր պապերը,— պատասխանեց Սարիատը ծիծաղելով:— Հիմա գնացե՛ք: Տեր ընդ ձեզ:

Քարավանը սկսեց շարժվել դեպի Սալմաստա կողմը ազատված մարդու բոլոր արագությամբ, որ դեռ նոր փախչում էր վտանգից: Գիշերային լռության մեջ լսելի էին լինում ջերմ օրհնություններ այն բազմաթիվ թշվառների բերաններից, որոնք արտասվալի աչքերով մերձենում էին դեպի իրանց ազատիչները...:

Մի քանի օրից հետո ամբողջ Աղբակա գավառում տարածվել էր մի այսպիսի լուր, թե Հարտոշիները բերելիս են եղել ահագին ավար և գերիների մեծ բազմություն Շատախի կողմերից, և թե Ռավանդները վրա են թափվել և Սախկալ-Թութանի կիրճում խլել են Հարտոշիներից թե՛ ավարը և թե՛ գերիները, բայց ո՛ւր են տարել, հայտնի չէ. Սարիատի և նրա խումբի մասին ոչինչ չէր խոսվում...: Քրդերի մեջ միմյանցից ավար և գերիներ խլելը այնքան սովորական էր, որ ոչ ոքին չզարմացրեց հիշյալ լուրը, և հայերի վրա կասկածել անգամ չէին կարող, որովհետև հային անընդունակ էին համարում այդ գործին: Իսկ Սարիատի խումբը իրան ձևացրել էր

Ռավանդների կերպարանքով, որ Հարտոշիների հետ ցեղական թշնամություն ունեին:

Ը

Աղբակա ամբողջ գավառում ոչ մի հայ չէր մնացել, 24 գյուղեր բոլորովին ավերակ և դատարկ էին. բնակիչներին մասամբ կոտորել էին և մասամբ գերի էին տարել քրդերը, իսկ մնացածները փախել էին Պարսից սահմանակից Սալմաստ և Սոմայի գավառները, ապաստանելով տեղային հայերի մոտ: Արշավանքը այն աստիճան անակնկալ և հանկարծակի էր եղել, որ փախստականներն հազիվ կարողացել էին ազատել իրանց թշվառ գլուխը, իսկ տուն, տեղ, կայք և անասուն, բոլորը թողել էին թշնամուն:

Ջալալեդդինի արշավանքը նման էր մի սարսափելի հեղեղի, որ միանգամով չէր վերջանում, որ գալիս է, հետո ընդհատվում է, և կրկին կատաղի հեղեղը սաստկանում է նոր և նոր հորձանքներով: Նա սկզբում իր հետ ուներ հինգ հազար ձիավոր միայն, որոնցմով դուրս եկավ Աղբակից, դիմում էր դեպի Բայազեդ, որ կողմով և անց էր կենում, թողնում էր իր ետևից ավերակներ և ամայություն: Եվ այնուհետև, նրա արշավանքի ձայնը լսելով հեռավոր տեղերի քրդերը, խումբերով դուրս էին գալիս, և դիմում էին դեպի իրանց առաջնորդի բանակը: Այս վերջինները լրացնում էին, ինչ որ պակաս էր թողել Ջալալեդդինը: Հեղեղի հորձանքը այսպիսով կրկնվում էր, և միևնույն երկիրը մի քանի անգամ ենթարկվում էր ասպատակությունների:

Ջալալեդդինը, որպես շեյխ և զորավար, միայն էր, որ հանձն առեց քրդերի գլխավորությունը, առաջնորդելու նրանց դեպի պատերազմի դաշտը: Բայց քրդերին առավելապես գրգռող և նրանց կատաղությունը ոգևորող էր մի ուրիշ շեյխ, որն իր տեղից չէր շարժվել, որն ամբողջ Քուրդիստանի հոգևոր գլուխն էր համարվում, և ներգործում էր իր սրբազան թղթերով քրդերի ցարայբեկիների, ղազիների և մուֆթիների վրա: Դա Շեյխ Իբադուլլահն էր: Այդ քրիստոնեության երդվյալ թշնամին թույլ էր տվել ամեն տեսակ անգթություններ, և հրամայել էր ամենևին չխնայել...:

Պատերազմի ժամանակ որպես քրդերի, նույնպես և բոլոր մահմեդական ցեղերի սպառազինության պատճառը լինում է կույր մոլեռանդությունը մի կողմից, և կողոպուտի ու հափշտակության ծարավը, մյուս կողմից: Նրանց մեջ խաղ են առնում երկու կրքեր՝— հոգևոր և նյութական, առաջինը լցուցանում է նա ոչ-մահմեդականներին մորթելով, իսկ երկրորդին բավականություն է տալիս նրանց կայքը և հարստությունը հափշտակելով: Եվ այս պատճառով Ջալալեդդինի զորքը խիստ դանդաղ էր ընթանում. նա մի կողմից պետք է հնձեր, բայց իր հունձքը իր հետ տանել չէր կարող,— մյուս կողմից, հարկավոր էր հունձքը տանել, հասցնել իրանց բնակության տեղերը և նորից վերադառնալ ու միանալ բանակի հետ և շարունակել ընթացքը դեպի Բայազեդ: Այս էր նրա զորախումբի անդադար բաժանման և կրկին միավորության պատճառը: Ջալալեդդինը իր ճանապարհը մաքրելով էր առաջ ընթանում դեպի Բայազեդ:

Բայց չէր կարելի միանգամայն ուրանալ քրդերի մեջ ազնիվ մարդիկ. նրանց մեջ կային և այնպիսիներն, որոնք զուրկ չէին բարի զգացմունքներից, որոնք չէին մասնակցում վատ գործի: Այս տեսակ մարդերից մեկն էր Օմար աղան, իր հոտերով և երամակներով հարուստ քուրդը, որը մի փոքրիկ ցեղի գլխավորն էր: Նա չմասնակցեց Ջալալեդդինի արշավանքին: Եվ լսելով անգութ ծերունիի դիտավորությունը, նա հառաջագույն եկավ Բարդուղիմեոս առաքյալի վանքը և հայտնեց վանահայր Եղիազար վարդապետին, թե մի քանի օրից հետո ի՜նչ դառն վիճակ էր սպասում Աղբակա հայերին: Նա խորհուրդ տվեց վանահորը օգուտ քաղել վանքի անմատչելի ամրություններից, և այդ նվիրական բերդը ընտրել որպես մի պաշտպանողական դիրք, և այնտեղ հավաքելով շրջակա հայոց գյուղորայքի հարստությունները,— այնտեղից ընդդիմանալ թշնամուն: Օմար-աղան խոստացավ ինքն էլ միանալ վանահոր հետ և իր խոստմունքը կատարեց գործով, որովհետև նա էլ երկյուղ ուներ Ջալալեդդինից, և նրա արշավանքին չմասնակցելու համար վախենում էր ենթարկվել շեյխի վրեժխնդրությանը: Եվ այս պատճառով իր տան հարստությունը նա հավաքեց վանքի մեջ, և իր մարդիկներով պատրաստ էր հարկավորած ժամանակ, միանալով հայերի հետ, ընդդիմանալ թշնամուն:

Եղիազար հայր սուրբը ընդունեց իր վաղեմի բարեկամի՝ Օմար-աղայի խորհուրդը, որի հավատարմության վրա կատարյալ վստահություն ուներ, և Բարդուղիմեոս առաքյալի վանքի շրջակա հայոց գյուղորայքի թե բնակիչներին և թե նրանց կայքը ու անասունները հավաքել տվեց վանքի մեջ:

Բարդուղիմեոս առաքյալի վանքը այն հնադարյան վանքերից մեկն էր, որ իր գոյությունը պահպանում էր Լուսավորչի ժամանակներից: Ամբողջ տասն և վեց դար, պատերազմելով բնության խստությունների և բարբարոս ձեռքերի դեմ, այդ վանքը կանգնած էր, որպես մի հսկայական հիշատակարան կրոնասեր հայի նախկին ճարտարապետության: Նա վկա է եղել բազմաթիվ եղեռնական անցքերի. նա տեսել էր կրակապաշտ պարսիկների, արաբների և մոնղոլների բոլոր անգթությունները: Նա իր հոյակապ կողքերի վրա կրում էր բազմաթիվ հիշատակարաններ, թե քանի-քանի անգամ կործանված է եղել, և կրկին հայկական ջերմեռանդությունը նորոգել է նրան:

Այդ վանքը բավական ամուր դիրք ունի, նա կառուցված է մի բլուրի բարձրավանդակի վրա, որի գագաթը արհեստական բանվածքով ավելի ևս բարձրանալով, նրա վրա դրած է վանքի հիմնարկությունը: Բլուրի երեք կողմից շրջապատում է ահագին խորությամբ մի ձոր, որի միջով հոսում է Տիգրիսի վերին ճյուղերից մեկը, որ սովորաբար կոչվում է «Վանքի գետ»: Բլուրի չորրորդ կողմը միանում է մի լեռնային թեքի հետ, որի վրա դրած է մի հայոց գյուղ, որը վանքի սեփականությունը լինելով, կոչվում է «Վանքի գյուղ» և նա հարյուր քայլ հազիվ հեռու կլինի վանքից:

Վանքը պատած է պարիսպներով և աշտարակներով, նա ունի իր մեջ, բացի հոյակապ տաճարից, շատ խուցեր միաբանության համար և շատ ուրիշ ծածկոցներ վանքային տնտեսության մշակների և անասունների համար: Երբ որ Ջալալեդդինի արշավանքի ձայնը հասավ այս կողմերը, վանքի օթևանները լիքն էին Աղբակա բնակիչներով, իսկ նրանց թանկագին հարստությունները պահված էին տաճարի գաղտնի պահարաններում: Եվ «Վանքի գյուղում» հավաքել էին նրանց անասունները:

«Վանքի գետը», որ հոսում էր ձորի միջով, իր եզերքում թողնում էր բավական ընդարձակ և հարթ տարածություն, որ պատած էր խոտով, և ներկայացնում էր մի կանաչազարդ հովիտ, որ գարնան սկզբում վառվում էր դեղնագույն ծաղիկներով: Այս մարգագետինների վրա արածում էին վանքին պատկանող ձիաների երամակները:

Մի առավոտ սարսափելով նկատեցին, որ հիշյալ հովտի վրա, գետի ափերի մոտ, կազմված էին բազմաթիվ վրաններ: Քրդերի խաշնարածները իրավունք չունեին վանքի մոտ, նրա կալվածների վրա զետեղել իրանց չադրները, ուրեմն դրանք լինելու էին այն ինքնակոչ հյուրերը, որոնց սոսկալի երկյուղով սպասում էին վանականները: Ամենքը մեծ տագնապի մեջ ընկան: Ամեն կողմից ոչխարներ, կովեր և երկրագործական անասուններ սկսեցին քշել դեպի գյուղը: Տագնապը ավելի մեծացավ, երբ մի հովիվ լուր բերեց վանահորը, թե Ջալալեդդինը բազմաթիվ քրդերով իջևանել է վանքի մարգերի վրա:

Վանահայր Եղիազար վարդապետը մի վիթխարի մարդ էր: Թեև ծերացած, թեև նրա ականջները ծանր էին լսում, բայց անդադար գործ ունենալով քրդերի հետ, որպես ասում են, նա «կես քուրդ» էր դարձել, այսինքն աներկյուղ այրական սիրտ էր ստացել: Երբ լսեց հովիվի բերած լուրը, նա ամենևին չզգաց այն հուսահատական երկյուղը, որ տիրում է թուլասիրտ մարդերին վտանգի րոպեներում: Վանահայրը նույն միջոցում նստած էր իր փոքրիկ խուցի մեջ և նրա մոտ գտանվում էր մի քուրդ իշխան բավական համակրական դեմքով: Վերջինը Օմար-աղան էր: Երկուսն էլ դուրս գնացին, երբ լսեցին հովիվի խոսքերը: Նրանք դիմեցին դեպի վանքի արևելյան պարսպի կողմը, որտեղից երևում էր շեյխի բանակը: Թե՛ վանահայրը և թե՛ քուրդ ազնվականը դիտակները ուղղելով դեպի բանակը, մի քանի րոպե շարունակ նայում էին:

― Նա է,― ասաց Օմար-աղան վրդովված ձայնով,― ծերունի ավազակը բավական բազմություն է հավաքել իր շուրջը:

― Ի՞նչ պետք է արած,― հարցրուց վանահայրը ոչ սակավ խռովությամբ:

― Ուրիշ հնար չկա,― պատասխանեց քուրդը, այժմ ավելի սառն կերպով,― դուք պատվիրեցեք ժողովրդին հավաքվել վանքի պարիսպների մեջ, դռները փակել տվեք, վանքը բավական ամուր է պաշտպանվելու համար:

— Ես էլ այսպես եմ մտածում,— պատասխանեց վարդապետը.— ես վանքի պահարաններում բավական հրացաններ և վառոդ ունեմ թաքցրած, զգուշության համար վաղուց պահում էի ինձ մոտ. հիմա հանել կտամ, պետք է բաժանել, որոնք նետելու շնորք ունեն, ես ճանաչում եմ շատերին մերիններից, որ այդ գործին ընդունակ են:

— Իմ մարդիկներն էլ շուտով կգան,— ասաց քուրդը.— ժամանակ կորցնել պետք չէ, ինչ որ անելու եք, մի՛ ուշացնեք:

Վանահայրը հեռացավ հարկավորած պատրաստությունները կարգադրելու: Բայց Օմար-աղան դեռ կանգնած էր առաջվա տեղում և դիտակը ձեռին նայում էր: Քրդերի մեջ շատ աղանդներ կան. այդ մարդը պատկանում էր մի աղանդի, որ հակառակ էր շեյխի դավանությանը: Աղանդների տարբերությունը նույն ազդեցությունն ունի քրդերի վրա և նույն խտրություններն է ձգում նրանց մեջ, որպես ցեղական տարբերությունները, մանավանդ երբ հարաբերությունները կտրված են լինում թշնամական հանգամանքներով: Օմար-աղայի ցեղը այսպիսի պատճառներով բաժանված էր այն ցեղերից, որ հավաքվել էին շեյխի շուրջը:

Բայց վանահոր դիտավորությունր սաստիկ արգելքների հանդիպեցավ ժողովրդի կողմից, ոչ որք չցանկացավ համաձայնվել նրա հետ։— «Մեզ ամենիս կկոտորեն,— ասում էին նրանք,— ո՞ւմ վրա ենք ձեռք բարձրացնում, քրդի մի մազին դիպչել անկարելի է. մեզ կենդանի կայրեն, մեր որդիքը, մեր կանայքը կկոտորեն։ Մենք նրանց չենք ընդդիմանա, թո՛ղ գան, ինչ որ ուզում են, թո՛ղ տանեն, միայն մեզ և մեր որդիներին խնայեն...»։

— Կգան, ձեր բոլոր ունեցածը կտանեն և ձեզ ու ձեր որդիներին չեն խնայի...— ասում էր վարդապետը արտասուքը աչքերում։— Ինձ ականջ դրե՛ք. մեր սուրբ վանքը կպահպանե մեզ. մեր հույսը թող նրա վրա դնենք...։ Մեր մեջ շատ տղամարդեր կան... Օմար-աղան էլ մեզ հետ կլինի...։

Բայց ոչ որք չէր ուզում լսե նրան։

— «Անկարելի բան է,— գոռում էր ամբոխը,— եթե դու ուզում ես մեզ փրկել, վեր առ քեզ հետ տերտերներին և տանուտերներին, գնա շեյխի մոտ, նրա ոտները համբուրի՛ր, աղաչի՛ր, պաղատի՛ր, ասա՛, ինչ որ ուզում է, կտանք, միայն թե մեզ կենդանի թողնե...»։

Քաջասիրտ վարդապետը շատ խոսեց, երկար հորդորում էր և խրախուսում էր, բայց թուլասիրտ և ստրկացած ամբոխը չընդունեց նրա խորհուրդը։ Վերջը նա ստիպված եղավ առնել իր հետ մի քանի ծերունիներ և քահանաներ ու դիմել շեյխի մոտ:

Այն ժամանակ Օմար-աղան մոտեցավ նրան, և ասաց այս խոսքերը.

— Ես գիտեի, որ այսպես կլիներ... բայց դու զուր ես զնում, քեզ կբռնեն, կպահեն և գուցե կսպանեն...:

— Պիտի գնամ, ճար չունեմ, թող սպանեն...— ասաց վշտացած վարդապետը:— Ժողովուրդը ինձ հանգիստ չէ թողնում... — Ինձ այսուհետև ավելորդ է այստեղ մնալ... — ասաց քուրդ ազնվականը:

— Ես էլ խորհուրդ չէի տա մնալու համար,— պատասխանեց վանահայրը.— գնացեք, տեր ընդ ձեզ. միայն ընդունեցեք կատարել իմ վերջին խնդիրքը. առեք այդ բանալին, նույն պահարանի մեջ, ուր թաքցրել եմ ձեր կայքը, այնտեղ երկու արկղներում պահված են վանքի սրբությունները. տարեք ձեզ հետ, թող ավազակների ձեռքը չընկնին:— Դուք միշտ այնքան հավատ եք ունեցել դեպի մեր վանքը, որ ոչ մի քրիստոնյա չէ ունեցել:

— Կտանեմ, միամիտ կացեք,— պատասխանեց քուրդը: — Բայց դուք վեր առեք ձեզ հետ իմ մարդերից մեկը, նա հեռվից կհետևի ձեզ. և եթե ձեզ բռնելու կամ պահելու լինեն, նա ինձ իմացում կտա:

Վանահայրը համբուրվեցավ իր բարեկամի հետ և սկսեց դիմել շեյխի բանակը: Նա ամեննին հույս չուներ, թե կվերադառնա այնտեղից և մյուս անգամ կտեսնի իր բարեկամին:

Նույն միջոցում հասան Օմարի մարդիկը, բերելով իրանց հետ երեսունի չափ ավելորդ ձիաներ, և նա բարձել տվավ իրան պատկանող իրեղենները, որ քանի օր առաջ ապահովության համար բերել էր այնտեղ. նա չմոռացավ իր հետ վեր առնել և այլ երկու արկղներ, որոնց մասին խնդրել էր վանահայրը: Երբ նա բոլորովին պատրաստ էր, դռնապանը բացեց պարսպի գաղտնի դռները, և ազնիվ քուրդը խիստ տխուր սրտով համբուրեց տաճարի սուրբ սեղանը, և հեռացավ վանքից:

Վանահայր Եղիազար վարդապետը գնաց շեյխի բանակը, և այլևս չվերադարձավ այնտեղից...

Մի քանի ժամից հետո քրդերը խումբ-խումբ մտան նախ «Վանքի գյուղը», առաջ սկսեցին անասունները դուրս քշել, հետո տները դատարկեցին, և նրանց մեջ գտնված իրեղենները բառնալով գրաստների վրա, ճանապարհ դրին: Երբ գյուղի հետ իրանց հաշիվը վերջացրել էին, մտան վանքը, այնտեղ էր ամբարված շրջակայքի բոլոր հարստությունը,— սկսեցին դուրս կրել: Ողորմելի ժողովրդի լացն ու կոծը, նրանց դառն աղաղակները ամեննին չէին ազդում հափշտակիչների անգութ սրտերին... ամենափոքր ընդդիմադրությունը պատասխանվում էր սրով և ատրճանակով...: Ահա՛ այս սարսափելի անցքը անցել էր, որ Սարհատի խումբը, Սախկալ-Թութանի քաջագործությունից հետո, մի գիշեր դիմեց դեպի Բարդուղիմեոս առաքյալի վանքը:

Ի՞նչ էր որոնում թշվառ երիտասարդը այն կիսով չափ կործանված և դատարկված վանքի մեջ...:

Թ

Մութ գիշեր էր: Ամպամած երկնքի վրա ոչ մի աստղ չէր երևում. երկինքը ու գետինը, կարծես, միացած էին թանձր-սևաթուր զանգվածով: Ամեն ինչ լուռ էր, միայն գիշերային սառն քամին գուշակում էր մրրիկ և անձրև: Հեռավոր լեռների վրա կայծակը երբեմն փայլատակում էր, և որոտման խուլ ձայնը մանր դղրդյուններով տարածվում էր խավարի մեջ թաքնված սարերում:

Գիշերային այս սոսկալի պահուն մի քանի ստվերներ, թափառաշրջիկ ուրվականների նման, խավարի մեջ շարժվում էին. նրանք միացան, մի փոքրիկ խումբ կազմեցին, կարծես, մի բանի վրա խորհելու համար, հետո կրկին բաժանվեցան և առանձին-առանձին սկսեցին դիմել դեպի Բարդուղիմեոս առաքյալի վանքի գյուղը, որ համարյա թե վանքի մոտումն էր։

Գյուղը նույն ժամուն խավար և լուռ էր, և մի ընդարձակ գերեզմանատան նման, ամեն շարժում, ամեն կենդանություն հանգչել էր այնտեղ։ Բայց մի տեղից միայն երևում էին լույսի նշույլներ. դա վանքի հսկայական շինվածքն էր, որ կանգնած էր բարձր բլուրի գլխին, որի շուրջը բացվում էր մի խորին անդունդ, որ կորած էր մթության մեջ. միայն այնտեղից հոսող գետը իր զայրացած գոռում-գոչումներով վրդովում էր տիրող լռությունը։

Եթե մի մարդ նույն ժամում մտնելու լիներ հիշյալ շինության մեջ, որտեղից լույս էր նշմարվում, նրա աչքերի առջև ներկայանալու էր մի այսպիսի տխուր տեսարան,— գեղեցիկ տաճարը բոլորովին մերկացել էր իր փառահեղ զարդարանքից, նրա հոյակապ կամարների ներքո տիրում էր դատարկություն միայն. ո՛չ խաչեր, ո՛չ գրքեր, ո՛չ պատկերներ, ո՛չ ջահեր, ոչինչ չէր երևում. սուրբ սեղանը ներկայացնում էր սպանդանոցի նման մի բան, որ շաղախված էր արյունով...։ Տաճարի մի կողմում կապած էին ձիաներ, որ խոտ էին ուտում, իսկ մյուս կողմում նստած էին մի խումբ քրդեր։ Մեջտեղում վառվում էր մի ահագին խարույկ: Տաճարի մեջ գտնված փայտեղենները — աթոռները, գրակալները, դռները — հետզհետե ջարդում էին և ձգում խարույկի վրա, բոցերը սաստկացնելու համար: Կրակի մեջ դրած էին մի քանի շամփուրներ և պղնձե թասեր, որոնք այն աստիճան շիկացել էին, որ հազիվ որոշվում էին կարմրած ածուխներից:

Կրակից ոչ այնքան հեռու, թևքերը և ոտները չվաններով կապկապած մերկ սալահատակի վրա, ընկած էին մի քանի մարդիկ, և սարսափելի խռովության մեջ սպասում էին մի դառն ճգնաժամի: Եթե մի մարդ կցանկանար տեսնել գեհենի դատապարտյալների հուսահատական երեսները,— այդ թշվառների դեմքը նույն օրինակն էր կրում:

Նրանցից փոքր ինչ հեռու, խառնիխուռն կերպով, դիզված էին զանազան իրեղեններ, որ կացուցանում էին վանքի անոթեղենները և նրա նվիրական կարասիքը:

Քրդերից մեկը վեր կացավ և մոտեցավ կապվածներին այս խոսքերով.

— Ասացե՛ք անհավատներ, էլ ի՞նչ ունեք թաքցրած, ասացեք, մի պահեք, թե չեք ուզում շան նման սատկել: Տեսնում եք այն կարմրած շամփուրները.— ձեզ համար են պատրաստված:

— Աղա, քո ոտներին մատաղ լինե՛նք,— պատասխանեցին կապվածները ողորմելի ձայնով.— հենց էն էր, ինչ որ կար. էլ ուրիշ ոչինչ չէ մնացել. եթե մի բան պահած լինենք, թո՛ղ աստված մեր աչքերը քոռացնե, թո՛ղ մեր հոգին դժոխքի բաժին լինի:

— Սո՛ւտ եք ասում, անիծված շներ,— գոռաց քուրդը,— այդ վանքում մի թագավորի հարստություն կար. ի՞նչ եղավ:

— Աղա, քո ոտների հողը դառնանք, խղճա մեզ, մի՛ սպանիր... Թո՛ղ աստված մեզ փչացնե, եթե մեր լեզվից սուտ խոսք դուրս գա:— Այս էր, ինչ որ մնացել էր. բոլորը տարան, ոչինչ չթողեցին...: Դուք լավ գիտեք, այս մի քանի օրում այս վանքը քանի՛ քանի՛ անգամ կողոպտվեցավ... ծով լիներ կցամաքեր, սար լիներ, կհալվեր...:

Խոսող քուրդը, որ իր խմբի գլխավորն էր երևում, դարձավ դեպի ընկերներից մեկը.— Այս գյավուրները մինչև շամփուրների համը չտեսնեն, ուղիղը չեն ասելու: Բերեցե՛ք:

Քրդերից մի քանիսը մոտեցան կապվածներին և սկսեցին մերկացնել նրանց, իսկ մի քանիսն էլ կրակից դուրս բերեցին կարմրած շամփուրները:

— Սկսեցե՛ք,— հրամայեց առաջին խոսողը.— միայն խաչի ձևով, դրանք շատ են սիրում խաչը:

Դահիճները սկսեցին կարմրած շամփուրներով խաչաձև դաղել կապվածների մերկ կուրծքը և նրանց մարմնի ուրիշ մասերը։ Կրակի նման շիկացած երկաթը այրում էր և ջղջղալով խրվում էր կենդանի մսի մեջ... և մուխը ճենճային խանձահոտությամբ վեր էր բարձրանում։ Մի փոքր սառած երկաթները կրկին կրակի մեջն էին դնում և վեր էին առնում նորերը։ Դժոխային գործողությունը շարունակվում էր։ Թշվառները հառաչում էին, մրմնջում էին, և ցավալի ձայներ էին հանում...։

— Մի՛ անգամով մորթեցե՛ք, սպանեցե՛ք, ի սեր աստուծո. թո՛ղ շուտ մեռնենք,— գոռում էին նրանք։

Այսպես անդադար մրմնջում էին ողորմելիները, բայց գործողությունը դեռ շարունակվում էր, մինչև այլևս հասկանալի չէին լինում նրանց խոսքերը, միայն լսելի էին լինում խուլ հառաչանքներ...։

— Բավական է,— հրամայեց խմբի գլխավորը և դարձավ դեպի կապվածներից մեկը, որին դեռ ձեռք չէին տվել։

Այս թշվառականը քահանա էր։

— Քեզ պահեցինք վերջումը, որ քո տանջանքը ավելի փառավոր լինի,— ասաց քուրդը հեգնական եղանակով։

— Տեսնում ես կրակի մեջ այն կարմրած պղնձե թասը.— նա թագի շատ նմանություն ունի նրանով պիտի պսակեմ քո գլուխը, որովհետև քահանա ես:

Քահանան, շարժված կրոնական զգացմունքով, պատասխանեց.

— Իմ տերը փշյա պսակ կրեց, իսկ նրա ծառան սիրով կընդունի պղնձե թասը...: Բայց միտքդ բեր, աղա, որ վերևումը աստված կա, որն այս բոլորը տեսնում է, որ մեր ամենքիս տերն է. նա անպատիժ չի թողնի այն մարդուն, որը թափում է անմեղ արյուն: Ինչո՞ւ ես իզուր տանջել տալիս մեզ: Իմ ընկերները սուտ չասացին, վանքումը ուրիշ ոչինչ չէ մնացել, ինչ որ կար, բոլորը տվեցինք ձեզ: Բոլոր գաղտնի պահարանները բաց արեցինք ձեր առջև: Եվ դուք այնքան անգութ եղաք, որ Բարդուղիմեոս առաքյալի սուրբ գերեզմանն էլ քանդեցիք, կարծելով թե այնտեղ գանձ կա թաքցրած:— Ինչ որ կար տարավ Ջալալեդդինը. նրանցից հետո տասն անգամից ավելի քրդերը մտել են այս վանքը... դուք վերջինն եք...:

— Սո՛ւտ ես խոսում, կեղծավոր շո՛ւն,— գոռաց գազանը.— բերե՛ք թասը:

Քրդերից մեկը ունելիքով դուրս հանեց կրակի միջից կարմրած թասը, քահանայի ալեզարդ գլուխը բաց արին, և պատրաստ վում էին հրաշեկ արախչինը նրա գլխին դնել: Աստուծո սեղանի սպասավորը նախատակի համբերությամբ սպասում էր բարբարոսական գործողությանը: Նա անմռունչ էր և լուռ, միայն նրա շրթունքները շարժվում էին, և օրհասական տագնապի մեջ խուլ կերպով աղոթում էր...:

Հանկարծ որոտացին ատրճանակներ, և սուրբ տաճարը վառոդի ծխով լցվեցավ: Սարսափը տիրեց բոլորի վրա: Քրդերից մի քանիսը գլորվեցան, ընկան, իսկ մյուսներին բռնեցին զորեղ բազուկներով և սկսեցին կապկապել: Այս բոլորը կատարվեցավ մի քանի րոպեում և խորին լռության մեջ: Միայն քահանայի ձայնն էր լսելի լինում, որ ասում էր.

— Ի սեր աստուծո, մի՛ սպանեք, թողեք, ինչ որ կամենում են թո՛ղ անեն մեզ հետ. դրանց ձեռք մի՛ դիպցնեք, կկոտրեն հայերին...:

Ողորմելի քահանան, թեև չգիտեր, թե ովքեր էին այն հանկարծահաս փրկիչները, բայց վախենում էր, որ հայոց վանքի տաճարում կատարվելով այսպիսի սպանություններ, տեղային քուրդերի վրեժխնդրությունը կիրավիրեին ամբողջ հայերի վրա,— թեև քրդի սրտում մի այսպիսի կասկած երբեք ծնվել չէր կարող, թե երկչոտ հայը կարող է մարդ սպանել...:

Նոր եկավորների երեսները բոլորովին կապած էին, միայն աչքերն էին երևում: Նրանք հագնված էին քրդի հագուստով և խոժում էին քրդի լեզվով: Թվով շատ չէին նրանք, բայց այնպես անակնկալ վրա տալով, կարողացան առաջիններից մի քանիսին սպանել և մնացածներին կապելով դուրս տանել: Ո՞ւր տարան, հայտնի չէր: Միայն քառորդ ժամից հետո երկուսը կրկին վերադարձան, և արձակելով քահանայի ու նրա կիսակենդան ընկերների կապանքները, ասեցին նրանց.

— Դեռ բավական գիշեր կա. մինչև արևի ծագելը դուք կարող եք մոտենալ Պարսկաստանի սահմանին. այնտեղ ապահով կլինեք: Այստեղ կան պատրաստի ձիաներ. բարձեցե՛ք, ինչ որ հավաքված է այստեղ, որ պետք է քրդերը տանեին. և դուք նստեցեք նրանց ձիաները, շուտով ճանապարհ ընկե՛ք:

— Իմ ընկերների մեջ կյանք չէ մնացել,— ասաց քահանան:

— Մեզանից երկուսը ձեզ հետ կգան,— պատասխանեցին անծանոթները:

Քահանան խոնարհվեցավ և կամենում էր գրկել նրանց ոտքերը:

— Այդ հարկավոր չէ,— ասաց նրանցից մեկը,— պատրաստվեցեք շուտ հեռանալու այստեղից:

— Ես չպետք է գիտենամ, ո՞վ է ազատում մեզ,— հարցրեց քահանան։

— Ո՛չ, դու չպետք է գիտենաս,— ասացին նրան։

— Եվ ձեր ինչ ազգից լինե՞լը։

— Այս էլ պետք չէ գիտենալ։

Մի քանի րոպեի մեջ անծանոթները պատրաստեցին քրդերի ձիաները, որ կապած էին տաճարի մեջ և այնտեղ դիզված իրեղենները լցնելով խուրջինների մեջ, կապեցին նրանց վրա։ Հետո կարմրած շամփուրներից վիրավորված թշվառներին նստացրին բեռների վրա և ճանապարհ դրին։

Քահանան դեռ իր ձին չհեծած, կրկին անգամ մոտեցավ անծանոթներին և ասաց.

— Գոնե թույլ տվեք, օրհնեմ ձեզ։

— Այդ ևս հարկավոր չէ,— ասաց նրանցից մեկը.— միայն դուլ պատասխանիր, ինչ որ կհարցնեմ քեզ։

— Հարցրե՛ք։

— Այս վանքի գյուղումը ոչ ոք չէ մնացել։

— Մի հոգի էլ չկա։

— Ի՞նչ եղան։

— Մի մասը գաղթեց դեպի Պարսկաստան, մի մասը կոտորեցին, մի մասն էլ գերի տարան։

— Դու ճանաչո՞ւմ էիր այս գյուղում ռես Հ... անունով մեկին, որ տանուտեր էր։

— Ճանաչում եմ. ես ինքս Վանքի գյուղի քահանան եմ։

— Գիտե՞ս, ինչ եղավ նրա ընտանիքը։

— Տանուտերին սպանեցին, որդիքը տանը չէին, ազատվեցան, բայց աղջկան տարան քրդերը։

Վերջին խոսքը կայծակի նման դիպավ անծանոթի սրտին, նա մի քանի րոպե շփոթության մեջ մնաց, հետո հարցրեց.

— Եթե ասեիր ինձ՝ ո՛ւր տարան, կամ ի՛նչ ցեղից էին քրդերը, քեզանից շնորհակալ կլինեի։

— Թե ուր տարան, այս ես ասել չեմ կարող. բայց տանողները շիշակների ցեղիցն էին, Չոլախ-Ահմեդի մարդիկը։

— Բավական է,— վերջացրեց անծանոթը։— Հիմա կարող եք գնալ։

Քահանան իր ընկերների հետ հեռացան: Երկու հոգի անծանոթներից տարան նրանց ճանապարհ դնելու մինչև պարսից սահմանը: Վանքի տաճարի մեջ մնացին տասներկու հոգի անծանոթներից: Այն ժամանակ նրանցից մեկը բաց արեց իր կապած դեմքը, երևի, փոքր ինչ ազատ շունչ առնելու համար: Եվ դեռ վառվող խարույկի լույսով կարելի էր տեսնել Մարիատի մեռելի նման գունաթափված երեսը...:

Նա նստեց կրակի մոտ մի փոքր հանգստանալու համար իր հոգեկան խռովություններից: Նրա մյուս ընկերները կտրատում էին ահագին վայրենի խոզի մարմինը, անց էին կացնում իրանց հրացանների սումբաների վրա, և խորովում էին, որ ընթրիք պատրաստեն: Սրանք ուրախ էին, միայն Մըստոն իր կարեկցական աչքերը չէր հեռացնում իր տիրոջ երեսից, և կարծես աշխատում էր կարդալ այն սպանված դեմքի վրա ինչ որ ալեկոծում էր նույն ժամին նրա վշտահար սիրտը:

Անբաղդ երիտասարդ, նա ուներ մի մխիթարություն միայն. նրանից ևս զրկվեցավ: Նա հույս ուներ այստեղ, այս վանքի մոտակայքում գտնել այն նազելի արարածին, որին պատկանում էր իր սիրտը, որին միայն սիրում էր իր համար ատելի աշխարհի մեջ: Բայց նա չկար, մի դառն վիճակով անհետացել էր նա...

Քաջերի սրտում, կանանց վերաբերյալ, բացի սերից կա և մի ուրիշ զգացմունք, որին բավական անհամապատասխան բառերով կոչում ենք նախանձ, խանդ, ղեյրաթ.— դա այն զգացմունքն է, որ ցամաք խոսքերով բացատրել անկարելի է։— Դա կնոջ նվիրապագործությունը հարգելու մի կիրք է, որի համար հելլենները ամբողջ տասը տարի կռվեցան Տրոյայի պարիսպների տակ։

Սարհատը չէր վշտանում այն պատճառով միայն, որ կորցրել էր իր սիրելի էակը, այլ առավել նրա համար, որ նա այժմ գտնվում էր անհարազատ և անմաքուր ձեռքերում...։ Բայց ո՞րքան այնպիսի անմեղ արարածներ նույն վիճակին էին ենթարկվել. նրանց համար ո՞վ էր հոգացողը։— Գուցե ծնողքը, անբաղտ հայրն ու մայրը, եթե կենդանի էին թողել նրանց։ Բայց հոգում է՞ր ազգը, հայ ժողովուրդը։ Ոչ. դրա համար պետք է հելլենական նախանձախնդրություն ունենալ...։

Մտնելով վանքի տխուր կամարների ներքո, Սարհատի սրտում կրկին բաց եղան հին-հին վերքերը։ Այս սրբարանը խիստ խորին հիշատակներով կապված էր նրա հոգու հետ։ Այստեղ անցուցել էր նա իր մանկության ամենաթանկագին տարիները, այստեղ հանձնել էին նրան աղոթող աբեղաների հսկողության ներքո ուսանել ինչ որ կրոնը և սուրբ գիրքը ներշնչում է մարդու մեջ, ինչ որ հանգցնում է վառ զգացմունքը, մեռցնում է հոգին, բթացնում է միտքը...: Եվ միևնույն վանքի պարիսպների մոտ մի գեղեցիկ հրեշտակ ոգևորեց նրան սրբազան հավւշտակությամբ. նա կրկին կենդանացրեց վանական ժանտախտից մեռած սիրտը, և փրկարար ձեռքով խավարից դուրս քաշեց նրան և ձգեց լույս աշխարհ... Իսկ այժմ չկար այն հրեշտակը...:

Մինչ թշվառ երիտասարդը ընկղմված էր իր տխուր մտախոհությունների մեջ, նրա ընկերները կազմել էին մի ճոխ սեղան, որ հիշեցնում էր Հոմերոսի հերոսներին: Գինին ահագին գավաթներով պտտվում էր ձեռքից ձեռք, և խորոված արյունաթաթախ դուրս էին քաշում շամփուրներից: Նրանցից ոչ որ չէր ուզում վրդովել Սարհատի ողբալի մտահուզությունը, և այս պատճառով չէին հրավիրում իրանց հետ սեղանակից լինելու: Բայց նա արթնացավ, երբ Դալի-Բաբան, բաժակը ձեռին կանգնած և, երեսը դեպի տաճարի բեմը դարձած, ճառում էր այս խորհրդավոր խոսքերը.

«Ո՛վ հայրեր, ո՛վ պապեր, այս գավաթը խմում եմ, բայց առանց նվիրելու ձեր ոսկորներին: Եթե դուք այս վանքերի տեղը, որոնցմով լիքն է մեր երկիրը, բերդեր շինեիք,— եթե դուք սուրբ խաչերի և անոթների փոխարեն, որ սպառեցրին ձեր հարստությունը, զենքեր գնեիք,— եթե դուք այն անուշահոտության տեղ, որ խնկվում են մեր տաճարներում, վառող ծխեիք,— այժմ մեր երկիրը բաղտավոր կլիներ: Այլևս քուրդերը մեր երկիրը չէին քանդի, մեր որդիքը չէին կոտորի և մեր կանայքը չէին հափշտակի...: Այս վանքերից ծագեց մեր երկրի կործանումը, նրանք խլեցին մեր սիրտը ու քաջությունը, նրանք ձգեցին մեզ ստրկության մեջ, սկսած այն օրից, երբ Տրդատը թողեց իր սուրը և թագը, առեց խաչը և մտավ Մանիա այրում ճգնելու համար...— Ո՛վ հայոց հին աստվածներ, ո՛վ Անահիտ, ո՛վ Վահագն, ո՛վ Հայկ, նվիրում եմ այս բաժակը ձեր սուրբ հիշատակին, դուք փրկեցեք մեզ...»:

Այսպես այս սարսափելի մարդը, որ մի ժամանակ քահանա էր, իսկ այժմ ավազակ, դուրս էր թափում իր սրտի դառնությունները գինու բաժակի վրա, որով ամեն մարդ ուրախ է լինում:

Երբ նա վերջացրուց, վեր կացավ մի ուրիշ ավազակ, որին կոչում էին Քիթաբ-Դալըսը (գրքից խելագարված), որ մի ժամանակ մանկավարժ էր, իսկ այժմ մտել էր Սարհատի արյունախում խումբի մեջ: Նա հետևելով Դալի-Բաբայի ոճին, այսպես սկսեց իր տոստը.

«Խմում եմ այս բաժակը առանց նվիրելու ձեզ, ով գիր և դպրություն, որովհետև դուք չտվեցիք մեզ այն, ինչ որ պահանջում է կյանքը և իրական աշխարհը: Դուք լցրիք մեր գլուխը ունայն, վերացական ցնորքներով: Դուք չծանոթացրիք մեզ մարդկային պահանջների հետ և չտվեցիք այն, որ պետք էր ապրելու և հանգիստ ու բաղտավոր ապրելու համար: Դուք ավելի զարգացրիք մեր մեջ սև նախապաշարմունքը և փակեցիք մեր աչքերը լույսը և ճշմարտությունը տեսնելու համար: Դուք մեզանից դիակներ պատրաստեցիք, որոնց մեջ մեռած է ամեն մարդկային բարձր և վսեմ զգացմունք: Դուք ավելի պնդացրիք մեր ստրկության շղթաները և վարժեցրիք տանել բռնության ծանր և անպատիվ լուծը: Չե՜զ ենք պարտական, ով գիր և դպրություն, մեր այժմյան դժբաղտություններով.— դուք չտվեցիք մեզ առողջ միտք և առողջ գաղափար, և զրկելով մեզ ճիշտ և իրական գիտությունից, զրկեցիք և կյանքից... Ուրեմն, թո՛ղ անիծվի՜ մեր մամուլը, որ իր մրով ավելի մրոտեց մեր սիրտը, միտքը ու հոգին...: Եվ թո՛ղ կեցցե՛ն այն գրիչները, որ նոր հոգի կներշնչեն մեզ, որ կնորոգեն մեր սպառված ուժերը և կծանոթացնեն կյանքի իրական պետքերի հետ և կպատրաստեն մեզ մարդ շինել՝ մարդկային բոլոր կատարելություններով»:

Այսպես էր խոսում այն մարդը, որին կոչում էին «գրքից խելագարված», որին գրքերը հիմարության և տգիտության մեջ էին ձգել,— իսկ այժմ զգաստացել էր:

Այս բոլորը լսում էր Սարիատը, տխո՛ւր համակրությամբ էր լսում նա, և այս խոսքերը, կարծես, առժամանակ մի նրան մոռանալ տվին իր ցավը, որ այնպես սաստիկ տանջում էր նրան: Եվ նա թողեց այն նազելի անհատը, որի համար միայն մտածում էր, և սկսեց ընդհանուրի վրա խորհել: Միրուհու մասնավոր սերը կորավ անբաղտ և օգնության կարոտ ժողովրդի սիրո մեջ, որի դստերքը ու կանայք նույնպես գերության մեջ էին գտնվում: Եվ այս պատճառով նա խիստ սառնությամբ ընդունեց Մըստոյի խոսքե՛րը, որ նա մոտենալով նրան, լռությամբ ասաց.

— Թո՛ղ իմ տերը չտանջէ իր սիրտը. Մըստոն շան հոտառություն ունի, եթե ծովի խորքումն լինի «նա» կգտնէ նրան, և եթե երկինքը բարձրացած լինի, ցած կբերէ:

Սարիատը ոչինչ չպատասխանեց և տեսնել անգամ չկարողացավ, որ իր հավատարիմ ծառան աննկատելի կերպով անհետացավ վանքից...:

Ժ

Հուլիս ամիսը վերջանալու մոտ էր: Դժբաղտ Բայազեդը քրդերից, բաշիբոզուկներից պաշարվելով, քանդվելով, կողոպտվելով, և իր թշվառ բնակիչները սրի բերնում ու գերության մեջ կորցնելուց հետո,— կրկին ռուսաց ձեռքն էր անցել: Սուլեյման- փաշան հետ էր մղվել: Ջալալեդդինի հրոսակը ցրված էր, և հարուստ ավարով ամեն մարդ իր տեղը դառնալու վրա էր: Հին Բագրևանդի ամբողջ գավառը և պատմական Վաղարշակերտը բոլորովին դատարկացել էին իրանց հայ բնակիչներից: Ալաշկերտցի գաղթականները Երևանի նահանգում մուրացկանություն էին անում և նրանց թողած ավերակները դեռ ծխում էին մոխիրի միջից...:

Երեկոյան վերջալույսը դեռ ճառագայթում էր սարերի գագաթների վրա:

Մի տղամարդ միայնակ և դանդաղ քայլերով գնում էր լեռնային անձուկ ճանապարհով և խուլ մելամաղձական ձայնով երգում էր մի տխուր մեղեդի: Նա գնում էր անվճռական ընթացքով, կարծես, ակամա ընտրել էր այն ուղին և բոլորովին վստահ չէր, թե սա կհասներ այն նպատակին, որին դիմում էր ամենայն անձնվիրությամբ: Հանկարծ նրա ետևից լսելի եղավ մի ձայն.

— Ո՞վ ես. ետ քաշվի՛ր:

Ճանապարհորդը դադարեց երգելուց, հրացանը ուսից վեր բերեց, և ետ նայելով, տեսավ, որ գալիս էր մի ձիավոր: Նա պատասխանեց.

— Անցի՛ր:

Ձիավորը մոտեցավ, ողջունեց և ապա հարցրեց.

— Բարի լինի. ո՞ւր այդպես:

— Բարի է, փառք աստուծո,— պատասխանեց ճանապարհորդը:— Ես Ջաֆար-բեկի հովիվն եմ, մեր չադրները շատ հեռու չեն այստեղից. մեր մատակներից մեկը այս երեկո կորավ, պտռում եմ:

Հետո նա հարցրեց ձիավորին.

— Դու ո՞ւր այդպես, աստված հաջողի, գնում ես:

— Շեյխի բանակը, նամակ եմ տանում:

— Ումի՞ց,

— Սուլեյման-փաշայից: Բաները վատ են գնում Ղարսի մոտ: Փաշան կանչեց ու ասաց.— ո՞վ կլինի, որ այս նամակը երկու օրում հասցնի շեյխին, կստանա մի լավ փեշքաշ ու խալաթ: Ես մոտեցա, գլուխ տվեցի ու ասեցի. ձեր ոտքի հողը լինե՛մ. ես կհասցնեմ, իմ արաբացի նժույգը ծտի նման է թռչում: Նա ձեռքը քսեց մեջքիս, էֆերի՛մ,— ասաց և տվեց նամակը:

— Հիմա ո՞րտեղ է շեյխը:

— Ես հարցրի, ինձ ասացին, այստեղ մոտիկ ՂանլիԴարայում (արյունա ձոր) է իջևանել,— պատասխանեց ձիավորը: — Ի՞նչպես է, որ դու չես իմանում:

— Սարի հովիվը ո՞րտեղից կարա իմանալ այս բաները. տեսնում ես, ամեն օր գալիս են, գնում են, մարդ չի իմանում ի՛նչ խաբար է:— Կրակ ունե՞ս,— հարցրեց ձիավորը,— չախմախիս քարը կորել է, ամբողջ օր չեմ ծխել, գլուխս դդում է դարձել:

— Կգտնվի,— պատասխանեց առաջինը, և ծոցից դուրս բերելով հրահան ու աբեթ, սկսավ զարկել կայծքարին:

Ձիավորը կռացավ, մոտեցրեց չիբուխը, և նա վառած աբեթը դրեց ծխախոտի վրա: Նույն միջոցին նա առիթ ունեցավ լավ զննել ձիավորի դեմքը: Նա շնորհակալություն հայտնեց, և ծխելով քշեց իր ձին:

Տասը քայլ հազիվ հեռացել էր ձիավորը, նրա ետևից գոռաց հրացանը և ողորմելին գլորվեցավ ձիուց ցած: Ձին խրտնեցավ և ճանապարհից դուրս եկավ, իր հետ քաշ տալով դիակը, որի մի ոտը մնացել էր ասպանդակի մեջ: Ձին երկար վազվզում էր ավելի և ավելի կատաղելով, մինչև թամքը շուռ եկավ փորի տակը, և նա կանգնեց:

Այն ժամանակ եղեռնագործը մոտեցավ, բռնեց ձիուն և սկսեց որոնել սպանվածի ծոցերը, գրպանները, որի մարմինը սաստիկ զարկվելով քարերին, բոլորովին ջարդուփշուր էր եղել: Նա գտավ նամակը, որի հասցեն գրած էր շեյխի անունով, թաքցրեց իր ծոցի գրպանում, դիակը ձգեց մի փոսի մեջ, հետո ուղղելով սպանվածի ձիու թամքը, նստեց վրան, և սկսեց վազեցնել դեպի ՂանլիԴարա, ուր գտնվում էր Ջալալեդդինի բանակը:

Նա հասավ շեյխի բանակը, երբ արևը մտել էր. բայց մութը դեռ բոլորովին չէր պատել աշխարհը: Նամակր նա հանեց իր ծոցից և խրեց գլխի չալմայի փաթեթի մեջ, այնպես, որ նամակը կիսով չափ երևում էր: Նա, որպես սովորաբար ծրարում են նամակները արևելքում, մի երկայն խողովակաձև գալարված թուղթ էր, որի մեջտեղից գոտիի նման փաթաթել էին մի ուրիշ թղթի կտոր և կնքել էին:

— Ի՞նչ մարդ ես,— հարցրեց նրանից բանակի պահնորդներից մեկը:

— Սուրհանդակ,— պատասխանեց նամակաբերը և համարձակ քշեց իր ձին դեպի շեյխի վրանը:

Այդ մարդը Մըստոն էր:

ԺԱ

Բարդուղիմեոս առաքյալի վանքի սարսափելի անցքից հետո, գիշերը վանքում մնալով, իսկ առավոտյան դեռ արևը չծագած այնտեղից հեռանալու ժամանակ, Սարհատը նոր նկատեց, որ Մըստոն չկար։ Նրա ընկերները կասկածանքի մեջ ընկան, մի՛ գուցե պատանի քուրդը մատներ նրանց։ Նա այնքան խորամանկ էր և հանդուգն, որ ամեն բան սպասելի էր նրանից։

— Ես Մըստոյի ազնվության վրա կասկածել չեմ կարող,— ասաց Սարհատը.— և ավելի այն պատճառով, որ նա քուրդ է։ Քուրդը կեղծ մարդ չէ. թե թշնամության մեջ, թե բարեկամության մեջ նա իր գույնը չի փոխում։

Բայց Մըստոն ամբողջ երեք օր չերևաց։ Հետո հայտնվեցավ նա։

— Գտա,— եղավ նրա առաջին խոսքը, փաթաթվելով Սարհատի վզին։

— Ո՞ւմ գտար,— հարցրեց Սարհատը շփոթվելով։

— Ասլիին. նրան, որին դու սիրում ես։

Սարհատը ուրախությունից մի տեսակ արբեցության մեջ ընկավ։

Մըստոն մի ըստ միոջե սկսեց պատմել իր հանդիպելը փաշայի սուրհանդակի հետ, նրան սպանելը, հետո նամակն առնելով, և ինքն սուրհանդակ ձևանալով, շեյխի բանակը մտնելը և այնտեղ գերի աղջկանց թվում Ասլիին գտնելը։

— Դու հաստատ գիտե՞ս, որ նա շեյխի բանակումն է,— հարցրեց Սարհատը վրդոված ձայնով։

— Ինչպես չգիտեմ, աչքովս տեսա, հետը խոսեցի,— պատասխանեց Մըստոն ուրախ կերպով։

— Նա ճանաչե՞ց քեզ։

— Հենց որ տեսավ, իսկույն ուզում էր վազել ինձ մոտ. ես նշան արեցի, նա զգուշացավ։

— Ինչպե՞ս կարողացար տեսնել նրան։

Մըստոն պատմեց, թե երբ նամակը տվեց շեյխին, նա հրամայեց մի օր սպասել, մինչև ինքն իր իշխանների հետ խորհուրդ կանի և պատասխանը կգրի։ Նրան տեղ տվեցին շեյխի վրանի մոտ և հրամայեցին կերակրել։ Այն ժամանակ նա գտավ «իրանցից» մեկին, որը կրոնով եզդի է, որին առաջուց ճանաչում էր։ Նա այժմ շեյխի մերձավոր սպասավորներից մեկն է, որ նրա համար չիբուխ է լցնում։ Այդ մարդը Մըստոյին տարավ իր մոտ, և որպես իր կրոնակցին ու հայրենակցին, սկսեց հյուրասիրել: Մըստոն կարող էր նրան հավատալ, որպես իր վաղեմի բարեկամին, և խնդրեց ցույց տալ իրան գերիները, և նրանց մեջ գտավ Ասլիին: Հետո նրան հայտնեց իր խորհուրդը, ասելով, թե եկել է գողանալու այն աղջկան, թե այն աղջիկը իր տիրոջ նշանածն է, որին շատ սիրում է: Մըստոյի հայրենակիցը խոստացավ ինքը ծածուկ դուրս բերել աղջկան բանակից և հանձնել ում որ կասի նա:

Սարհատը խորին ապշությամբ լսում էր այս պատմությունը, դժվարությամբ հավատալով իր ականջներին: Նա հարցրուց.

— Դու հավատո՞ւմ ես, որ քո հայրենակիցը կկատարե իր խոստումը:

— Եզիդին շուտ չէ խոստանում, բայց երբ խոսք տվեց, կատարում է իր խոսքը,— պատասխանեց Մըստոն մի առանձին հպարտությամբ:

Հետո նա ավելացրուց, թե մի գաղտնիք, որ իրան առաջուց հայտնի էր այն մարդու վերաբերությամբ, ավելի առիթ է տալիս հավատալ նրա խոստմունքին: Այդ մարդու եղբորը,— ասաց Մըստոն,— մի քանի տարի առաջ սպանել տվեց շեյխը. հիմա նա մտել է շեյխի մոտ որպես սպասավոր, որ կարողանա իր եղբոր վրեժը առնել: Շեյխը չէ ճանաչում, թե նա սպանվածի եղբայրն է կամ կրոնով եզիդի է։

— Այսպիսի մարդուն հավատալու է,— համոզվեցավ վերջապես Սարհատը։— Բայց նա ինչպե՞ս կարող է նրան դուրս բերել բանակից։

— Նա կհազցնի Ասլիին տղամարդի շորեր, և Ասլին ինքը դուրս կգա բանակից։— Մըստոն քիչ խելք չունի, ամեն բան կարգադրել է, ինչ որ պետք է։ Մենք այս գիշեր պետք է պատրաստ լինենք բանակից փոքր ինչ հեռու մի ձորի մեջ, այնտեղ մի հին տանձենի կա, նրա մոտ։ Ասլին կգա այնտեղ և մեզ կգտնի։

— Գերիների թիվը շա՞տ է,— հարցրեց Սարհատը մի փոքր մտածելուց հետո։

— Հարյուրի չափ կնիկներ ու աղջիկներ ինքը շեյխը ընտրել է իր համար, մի քանի վրաններ լիքն են, որ կազմված են իր վրանի մոտ։

— Մյուս քրդերը նույնպես ունեն։— Մարդ չկա, որ մի քանի հատ բերած չլինի, շատերին վաճառում են, ուշնեցի հրյաները գնում են, որ տանեն կրկին հայերի վրա ծախեն։ Շատ էժան է, մի աղջիկը մի արծաթ մեջիդիայով (1 ռուբլի 20 կոպեկ) կարելի է առնել։

Սարհատի մի փոքր պայծառացած դեմքը կրկին մթնեց, կրկին տիրեցին նրա սրտին դառն ցավերը...

Այս խոսակցությունները Մըստոյի և իր տիրոջ մեջ անց էին կենում առանձին, հեռացած մի փոքրիկ աղբյուրի մոտ, որ բղխում էր լեռնային ապառաժի ճեղքից: Նույն ժամուն նրա ընկերները պառկած էին ավելի հեռու, խոտերի վրա, գիշերային արշավանքից հանգստանալու համար: Սարհատը մոտեցավ նրանց, զարթեցրեց և հաղորդելով Մըստոյի բերած լուրերը, հայտնեց, թե ինքը պետք է գնա դեպի Ջալալեդդինի բանակը:

— Մենք քեզանից չենք բաժանվի,— պատասխանեցին ընկերները:

ԺԲ

Ղանլի–Դարան, որ նշանակում է արյունոտ ձոր, արժանի է իր կոչմանը իր մեջ գործված բազմաթիվ արյունահեղությանց պատճառով: Այդ ավազակաց որջը վկա է եղել հազարավոր սարսափելի եղեռնագործությունների, այնտեղից ոչ մի քարավան և ոչ մի ճանապարհորդ չեն վստահում անցկենալ, այնտեղ միայն ավազակները առանձնանում են հափշտակություններից հետո: Այնտեղ էր դրել և շեյխը իր բանակը Բայազեդի դժբաղտ անցքից հետո, երբ նա հեռացավ պատերազմի դաշտից:

Այդ ձորի միջով հոսում էր Տիգրիսի վերին

ձյուղերից մեկը, որին տեղացիք կոչում են Նրհել. դա բաժանում է Աղբակա գավառը Ջոլամերիկից: Գետի ափի մոտ, մի կանաչազարդ տափարակի վրա, մի գիշեր հարյուրավոր տեղերում վառվում էին փոքրիկ խարույկներ, որոնց շուրջը նստոտել էին զինվորված քրդեր, խոսում էին, ծխում էին, ծիծաղում էին, երգում էին, և երբեմն նայում էին կերակուրի կաթսաներին, որ դրած էին խարույկների վրա, կամ դարձնում էին մսի մեծ–մեծ կտորները, որ ձգել էին կարմրած ածուխների վրա խորովելու համար: Ամեն տեղ երևում էր ուրախություն, որ արտահայտվում էր կատաղի զվարճություններով: Վրանների մեջ ճրագներ չէին երևում, ամբողջ բանակը լուսավորված էր խարույկների լույսով: Բայց մի վրանում միայն ճրագներ կային. դա Ջալալեդդինի փառավոր վրանն էր:

Բանակից հեռու, մի նեղ ձորի մեջ, որ գոգավորվելով բաժանվում էր Ղանլի–Դարայից, թմբուկի ձայն էր լսվում, և քրդի զուռնան հնչում էր «ջանիմանի» եղանակով: Նույն ժամուն մի խումբ ձիավորներ անցնում էին այն կողմից, որտեղից լսելի էր լինում վայրենի նվագածությունը:

— Այստեղ մի բան կա,— ասաց նրանցից մեկը հազիվ լսելի ձայնով:

— Ես էլ այսպես եմ կարծում,— պատասխանեց

մի ուրիշը։

— Գնանք, տեսնենք։

— Գնանք։

Ձիավորները դարձրին իրանց ձիերի գլուխները դեպի այն կողմը։ Նեղ շավիղը, որ տանում էր այն կողմը, տեղ–տեղ կորչում էր մացառների և մինը մյուսի հետ հյուսված պատատուկ թփերի մեջ։ Ձիով անհնար էր անցնել։ Նրանք ցած իջան ձիերից, տվեցին մեկին պահելու, և մյուսները առաջ գնացին։ Մի քանի րոպեից հետո նրանք գտնվում էին մի փոքրիկ բլուրի գագաթի վրա, որտեղից բացվեցավ նրանց առջև մի այսպիսի տեսարան.—

Մի սարսափելի պարահանդես էր այդ, որի նմանը երբեք Դիոնիսիոսը չէ երևակայել իր բաքոսական բոլոր անբարոյականությամբ։ Մի կողմում թմբուկները և զուռնաները ածում էին, մի կողմում պար էին բռնել այն ձևով, որ մեզանում կոչվում է հալլի, իսկ քրդերը կոչում են գուանդ։ Պարում էին կանայք։ Նրանք բազմաթիվ էին, և մինը մյուսի ձեռքից բռնած, կազմել էին մի երկայն շարք, որ շղթայի նման պտտվելով, ձևացնում էին մի մեծ բոլորակ։ Բոլորակի մեջտեղում ցցած էին երկայն ձողեր, որոնց գլուխների վրա վառվում էին ջահեր։ Նավթի մեջ թաթախած ցնցոտիքը բոցավառվում էին և իրանց ծիրանի շառավիղներով լուսավորում էին պարող կանանց գունաթափված երեսները։ Զահերի մոտ, բոլորակի միջնավայրում, նստած էին տղամարդիկ և դժոխային ոգևորությամբ նայում էին կանանց մերկ շղթայակապի վրա, որ անդադար շրջում էր նրանց շուրջը։

Երևում էր, որ այդ ողորմելի արարածները ակամա և ստիպմամբ հանձն էին առել այդ խայտառակ պարահանդեսը։ Ամոթը, անպատվությունը նրանց այն աստիճան մոլեգնության մեջ էին ձգել, որ իրանց կատաղությունը խելագարության էր հասնում։ Նրանց աչքերում վառվում էին բարկության բոցեր, շրթունքները դողդողում էին տենդային անհանգստությամբ և գունաթափ երեսների վրա երևում էին սոսկալի ցնցումներ։ Շատերը նրանցից այնքան թուլասիրտ էին, որ չէին դիմանում անտանելի ցավին, և ուշաթափ լինելով, ցած էին գլորվում։— Իսկ այդ բոլորը, որ մարդկային խղճի վրա կարող էր ազդել գութ, որ կարող էր ամեն մի սիրտ, որքան և քարացած լիներ նա, մեղմացնել և լցնել նրան առաքինական զգացմունքներով դեպի տկար և գեղեցիկ սեռը,— ընդհակառակն, ավելի բորբոքում էր գերիչների վայրենի կրքերը և ավելի գրգռում էր նրանց անասնական ոգևորությունը։

Պարը շարունակվում էր իր բոլոր դժոխային խաղարկությամբ: Մերկ կանանց շարքը անդադար պտտվում էր թմբուկների եղանակով: Տղամարդիկ նրանց բոլորակի միջնավայրում նստոտած, երգում էին, ծափահարում էին, գոռում էին և գոչում էին, և հերոսներից ամեն մեկը երբեմն իր թաշկինակը ձգում էր հավանած կնոջ վրա, և իսկույն սրտերի հակառակ մի զույգը — մի հրեշտակ և մի դև — առանձնանում էր մերձակա թփերի մեջ:

Մարդկային անգթությունների մեջ չկա մի ավելի սարսափելի բան, քան թե այն, երբ անմեղ ողջախոհությունը զոհվում է կատաղի բռնաբարության: Այսպիսի անգթության մեջ ընդունակ է մարդը միայն, բայց գազանները և անասունները ավելի բարոյական են իրանց էգերի վերաբերությամբ:

Մինչ գիշերային մթության մեջ, ջահերի լուսավորության հանդեպ կատարվում էին այդ անամոթ զվարճությունները, բլուրի գագաթից անհայտ մարդերի մի խումբ խորին զզվանքով դիտում էր բոլորը: Ընթերցողը արդեն գուշակեց, թե ովքեր էին դրանք:

— Պետք է վրա տալ,— ասաց Սարհատը:

— Շատ են անիծածները,— ասաց Դալի-Բաբան:

— Միևնույն է, եթե մեզ պետք էր մի օր մեռնել, լավ է, որ այստեղ լիներ,— պատասխանեց Սարիատը:

— Բայց դու կկորցնես Ալիին, որի համար եկել ես,— ասաց Դալի-Բաբան:

— Այս կնիկներից ամեն մեկը նույնքան մեր ցավակցության արժանի է, որքան Ալին,— պատասխանեց Սարիատը:

Ազնիվ երիտասարդը մոռացավ իր անձնական սերը, նրան գրավում էր այժմ կնիկների վիրավորված և անարգված պատիվը:

— Պետք է հանկարծ վրա տալ,— ասաց Դալի-Բաբան, և աշխատել առաջ ջահերը խորտակել. խավարի մեջ ավելի հեշտ կլինի գործը:

— Երկինքն էլ մեր բաղտից ամպում է, ահա լուսինը այլևս չէ երևում,— նկատեց Քիթաբ-Դալիսին:

— Կռվեցեք սրերով միայն,— խորհուրդ տվեց Սարիատը,— հրացան գործիքներով աղմուկ կբարձրացնեք, բանակը շատ հեռու չէ այստեղից, թող ձայնը այնտեղ չհասնի:

Քրդերի մոտ էլ չկային հրացան գործիքներ. նրանք, որպես իրանց տանը, վեր էին առել թրեր և դաշույններ միայն, և այնպես հեռացել էին բանակից, ամեն մինը իր հետ բերելով իր զոհը:

Այդ միջոցում Մըստոյի դրությունը անտանելի էր. նա տեսավ, որ Սարհատը բոլորովին մոռացավ Ասլիին, բոլորովին թողեց այն նպատակը, որի համար եկել էր: Նա տեսավ, որ այժմ իր սիրելի տերը ձեռնարկում էր մի այնպիսի հանդուգն և վտանգավոր գործի, որից հազիվ կարող էր ողջ դուրս գալ: Ի՞նչ անել, մնալ նրա մոտ, նրա հետ միասին կռվել և նրա հետ մեռնել.— այդ շատ էր ցանկանում բարի Մըստոն: Բայց մյուս կողմում, մի աղջիկ, մի նազելի հրեշտակ, որին այնքան սիրում էր Սարհատը, որին ինքը վաղուց էր ճանաչում, որ այժմ գտնվում էր շեյխի բազմաթիվ գերի հարեմականների մեջ,— և այդ թշվառը նույնպես օգնության կարոտ էր, նույնպես պետք էր ազատել նրան: Դեպի ո՞րը դիմել: Մի կողմում կանգնած էր իր մանկության ընկերը, մյուս կողմում — նրա սիրուհին: Նա ընտրեց վերջինը, և առանց հայտնելու Սարհատին միայնակ դիմեց դեպի շեյխի բանակը:

Նրա գնալուց հետո անակնկալ հարձակումը կատարվեցավ կայծակի արագությամբ: Ջահերը իսկույն խորտակվեցան: Զորի մեջ տիրեց ընդհանուր խավարը խորին զարհուրանքի հետ: Սարսափելի կոտորածը սկսվեցավ:

Խիստ ահռելի բան է ձեռնամերձ կռիվը, մանավանդ նեղ տեղում, այն էլ գիշերային խավարի մեջ: Մի այնպիսի օրհասական կռվում սուր երկաթը սոսկալի գործ է կատարում մարդկային մարմնի հետ:— Կենդանի մարդը մահ զգեցած, կռվում է մահ գործելու համար:

Մի քանի ժամ կռիվը երկու կողմից ևս շարունակվում էր գազանային համառությամբ: Ընդհանուր խռովության մեջ շատ անգամ ընկերը իր սուրը ընկերի կողքն էր մխում: Հուսահատական դա՛ոն աղաղակները խառնվել էին զենքերի շաչյունի հետ: Թե՛ սպանողը և թե՛ սպանվածը շաղախված էին տաք արյունի մեջ: Դիակները ոտքերի տակ ավելի և ավելի խորտակվում էին:

Ձորը կրկին լուսավորվեց: Լուսինը դուրս եկավ մոխրագույն ամպերի ետևից, կարծես, ցանկանում էր ականատես լինել մի գեղեցիկ գործի: Նույն միջոցում հանդիսացավ մի սրտաշարժ տեսարան: Մերկ կանանց խումբը բավական էր, որ հասկացավ, թե կռիվը իրանց ազատության համար է,— նրանք կատաղի ֆուրիաների նման իրանք էլ խառնվեցան կռվի մեջ: Սարսափելի բան է կնոջ մոլեգնությունը, երբ առաջ է գալիս անձնական վրեժխնդրությունից: Այսպիսի րոպեներում կինը մոռանում է իր կնությունը. նա դառնում է մահվան հրեշտակ և սկսում է իր ձեռքը մխել այն սրտի մեջ, որը անարգաբար ոտքի տակ տվեց իր պատիվը: Այն կանայք, որ մի քանի ժամ առաջ, բռնության կոպիտ ձեռքից ստիպված, հանձն էին առել ցած պաշտոն, այժմ, երբ ականջներին հնչեց ազատության ձայնը,— խլեցին իրանց ոտքերի տակ ընկած զերիչների զենքերը և սկսեցին կոտորել կենդանի մնացած գազաններին: Պատվի զգացմունքը սկսեց պատերազմել անասնական կրքերի հետ. հրեշտակը դևերի հետ...

Լուսինը կրկին մտավ ամպերի տակ, և գիշերային խավարը քաշեց իր սև վարագույրը: Տեսարանը ծածկվեցավ մթության մեջ...:

Վանա ծովակի արևմտյան ափերի մոտ, Սիփան լեռան ստորոտներում, մի փոքրիկ վտակի կանաչազարդ եզերքի մոտ, երևում էին խաշնարածների մի քանի չադրներ, որոնց արտաքին աղքատ կերպարանքը ցույց էր տալիս, թե այդ ողորմելի հովիվները չեն պատկանում քրդերի բաղտավոր որևիցե ցեղին:— Դրանք, հայերից ավելի հալածված, եզիդիների վրաններ էին, որ պատերազմի խռովությունների ժամանակ քաշվել էին այն լեռնային խուլ առանձնության մեջ իրանց կյանքը և փոքրաթիվ անասունները պահպանելու համար:

Հիշյալ վրաններից մեկի մեջ, որ իր վիճակով չէր

զանազանվում մյուսներից, Ղանլի-Դարայի սոսկալի կոտորածից մի շաբաթ հետո, կարելի էր տեսնել մահճի մեջ պառկած մի տղամարդ, մահվան պես գունաթափված դեմքով և խորն ընկած մթին աչքերով: Նա հազիվ կարողանում էր շունչ առնել և խիստ դժվարությամբ էր կարողանում շարժվել մի կողքից դեպի մյուսը. երևում էր, ծանր կերպով վիրավորված էր նա:— Հիվանդը Սարհատն էր: Նրա բարձի մոտ նստել էր մի օրիորդ մաշված, վշտահար դեմքով արտասուքով լի աչքերով,— դա Ասլին էր, որին Ղանլի-Դարայի անցքի ժամանակ Մըստոյին հաջողվել էր գողանալ: Հիվանդի աջ և ձախ կողմերում, որպես տխրության երկու հրեշտակներ, նստած էին երկու ուրիշ աղջիկներ, և նույնպես լաց էին լինում.— դրանք նրա քույրերն էին: Վրանի մի կողմում, աչքերը բռնած, կուչ էր եկել նրա փոքրիկ եղբայրը: Իսկ դրսում, վրանի մուտքի մոտ նստած հեկեկում էր ինքը Մըստոն: Մի մանկահասակ կին գեղեցիկ սևորակ աչքերով ոտքի վրա պտտվում էր — դա Մըստոյի կինն էր:

Հիվանդը գտնվում էր հոգեվարքի ճգնաժամի մեջ...:

Ղանլի-Դարայի կռվի մեջ Սարհատի ընկերներից ազատվեցան երեք վիրավորվածներ միայն, մյուսները բոլորը ընկան: Ընկան և այն քաջազնուհիներից շատերը, որոնք բռնաբարության բարոյական մահը սրբեցին իրանց արյամբ...:

Վիրավոր առյուծը վերջին անգամ բաց արեց աչքերը: Նայեց Ասլիի վրա, նայեց քույրերի և եղբոր վրա, և փակեց նրանց...: Մի «ա՜խ» եղավ նրա վերջին խոսքը...:

«Դու իմ վրանիս տակն ես մեռնում, ո՜վ քաջ, և իմ վրա ես թողնում վրեժխնդիր լինել քո մահվան համար— Մըստոն կկատարե այդ»...— ասաց նա հառաչելով և գրկեց մեռնողի գլուխը: